Renier-Frèduman Mundil

GeGlichenes

Band 3
Kurzgeschichten mit eingeschobenen Gedichten

AF282357

Renier-Frèduman Mundil

GeGlichenes

Band 3
Kurzgeschichten
mit eingeschobenen Gedichten

Impressum

Bibliografische Information der Deutschen Nationalbibliothek:

Die Deutsche Nationalbibliothek verzeichnet diese Publikation in der Deutschen Nationalbibliografie; detaillierte bibliografische Daten sind im Internet über http://dnb.dnb.de abrufbar.

© 2024 Renier-Fréduman Mundil
        Viola Hartmann
Covergestaltung Dan Winkler
Verlag: BoD • Books on Demand GmbH, In de Tarpen 42, 22848 Norderstedt
Druck: Libri Plureos GmbH, Friedensallee 273, 22763 Hamburg
ISBN: 978-3-7597-2901-9

Für

Viola

Einleitung

Das Geglichene ist ein sprachlicher Platzhalter für das Gleichnis. Um eine Person besser zu verstehen, lohnt es sich, dessen ganze Familie zu betrachten: Das Familienmitglied Gleichnis besitzt viele Verwandte, offensichtlich nächste Verwandte wie Mutter, Vater, Bruder und Schwester ebenso wie von irgendeiner weit entfernten Seite eingeheiratete, adoptierte, dort gibt es ebenso Cousins 1.° (ersten Grades) wie nicht mehr nachvollziehbare Cousins 25.° (25sten Grades) und wahrscheinlich auch eine Reihe Familienmitglieder, die keine sind – solche, die einfach zur Hochzeitsfeier hineingegangen sind, obwohl sie keine Verbindung zur Familie hatten, aber sich als tief verbundenes Familienmitglied ausgegeben haben.

Eine bunte Mischung von Verwandtschaft, die sich Allegorie, Analogie, Vergleich, Simile, Lehrstück, Metapher, Sinnbild, Bildwort, Similiertes, Maschall und Nimschal und anderes nannten.

Da dieses Bild sehr bunt ist können wir uns leicht vorstellen, dass Gleichnisse nicht nur in der jüdischen oder christlichen Religion eine Rolle spielen, sondern auch in vielen anderen Religionen, Kulturen und Dichtungen.

Der unbestrittene Großmeister des Gleichnisses ist Jesus Christus. Er soll (pardon, habe nicht nachgezählt) 48 Gleichnisse im Neuen Testament erzählt haben.

Nachfolgend ein Auszug:

- Vom Feigenbaum (mit und ohne Früchte)
- Gläubiger und zwei Schuldner
- Haus auf Fels und Sand erbaut
- Vom Gast ohne Hochzeitskleid
- Von den klugen und törichten Jungfrauen
- Von der kostbaren Perle
- Kamel und Nadelöhr
- Neuen Wein in alten Schläuchen
- Vom Sauerteig
- Vom unbarmherzigen Gläubiger
- Schatz im Acker
- Senfkorn
- Anvertraute Talente
- Unkraut und Weizen
- Vom Weltgericht
- Vom ungerechten Richter
- Vom verlorenen Sohn
- Vom verlorenen Schaf
- Vom verlorenen Groschen

- Barmherziger Samariter
- Vom Sämann

Obwohl Christus für seine Gleichnisse den damaligen Alltag benutzte, es gab beispielsweise noch keine Straßenlaternen, jeder lief mit einer Öllampe, die Saat wurde nicht Millimeter exakt mit einer Maschine aufgebracht, sondern mit der Hand gestreut, da fielen schon mal Samenkörner auf Steine, unter Unkraut usw., obwohl er diese Situationen benutzte, die uns nur noch selten in unserem Alltag begegnen, hinterlassen sie trotzdem auch heute einen tiefen Eindruck. Sie sind leicht zu merken mit einer versteckten wichtigen Botschaft, die wir entdecken, denken wir darüber nach.

Beeindruckt hat mich unter anderem das Gleichnis von den fünf klugen und törichten Jungfrauen. Alle Zehn warteten auf den Herrn, der nicht zur erwarteten Zeit kam. Als er erschien, waren die Öllampen leer. Die fünf klugen Jungfrauen hatten Ersatz, füllten ihre Lampen nach und wurden in den Himmel zum Hochzeitsfest eingeladen. Die fünf törichten mussten erst in die Stadt, die Lampen aufzufüllen. Als sie an der Himmelspforte standen, war und blieb diese verschlossen. Sie waren zu spät, wegen ihrer Nachlässigkeit einen Moment zu spät und dieser kurze Moment bedeutete für sie, eine Ewigkeit vor der versperrten Himmelspforte stehen zu müssen.

Dieses Gleichnis erinnerte mich an eine Begebenheit mit meinem Vater. Wir reparierten zu Hause den Abfluss in der Küche und stellten kurz vor Ende fest, dass ein Stück fehlte. Also stürzten wir los, rannten zur U-Bahn, fuhren sieben Stationen und eilten zum nächsten Sanitärgeschäft. Damals gab es die großen, fast durchgängig geöffneten Baugeschäfte noch nicht, es gab keine Internetbestellung mit Eilzustellung am selben Tag. Das gab es alles noch nicht.

Wir erreichen das kleine Geschäft exakt 13:01 Uhr, 1 Minute nach Ladenschluss. Hinter der Glasscheibe sahen wir den Besitzer, der die Tür auf verschiedenen Ebenen verriegelte. Durch die Glastür konnten wir mit ihm reden, klagten unser Leid, ein Wochenende ohne normalen Ablauf des Spülwassers, nein, wir müssten jede Schüssel extra entsorgen. Es half alles nichts. Der Besitzer ließ sich nicht erweichen. Wegen einer

Minute standen wir vor dem verschlossenen Sanitärhimmel.

An diesem Tag gab es keinen zweiten Jugendlichen auf der Welt, der die fünf törichten Jungfrauen besser verstanden hat als ich.

Gleichnisse werden lebendig, betrachten wir sie durch unseren Alltag, selbst wenn dieser (aber nur äußerlich) anders aussieht als zur Zeit Christi.

Auch das Wort ‚Geglichenes' hat Verwandtschaft: Ausgeglichenes, Abgeglichenes, Beglichenes, Angeglichenes, Verglichenes und mit Sicherheit noch mehr Angehörige. Gesellen wir uns zu jedem dieser verschiedenen Familienmitglieder und betrachten so das Gleichnis aus den verschiedenen Positionen, dann ergibt sich aus allem ein rundes Bild, nachdem wir im Leben oft streben.

In jedem Gleichnis steckt eine Gleichung aus einigen Unbekannten.

1. AT + NT = BB oder
2. AT + NT = L

Die erste Gleichung ist simpel:

AT (Altes Testament) **+ NT** (Neues Testament) = **BiB**el.

Die zweite Gleichung hat aber noch eine andere Lösung. AT ist nicht nur das Alte Testament sondern auch der AllTag.

A(ll)T(ag) + N(eues) T(estament) = Leben.

Das ist die Gleichung, die hinter den Gleichnissen steht: Der AllTag verknüpft sich mit dem Neuen Testament bzw. den dort so reichlich vorhandenen Gleichnissen und ergibt (=) das Leben. Und wer von uns versteht nicht gerne durch diese einfache Gleichung sein kompliziertes Leben.

Die folgende Sammlung enthält etwas über 60 Kurzgeschichten, jede Kurzgeschichte baut auf eine meist aus dem Neuen Testament stammende Bibelstelle eine gleichnishafte Geschichte. Da wir vier Kinder haben sind die Geschichten bewusst auf vier Bände aufgeteilt, ein kleines Vermächtnis an die Kinder, in ihrem bzw. dem Leben ihrer eigenen Familie den kostbaren Schatz der Gleichnisse, den Christus so oft verwandt hat, zu entdecken. Zwischen den Geschichten findet sich jeweils ein Gedicht, eine kurze Zeit zum Verschnaufen, eine kurze Zeit vielleicht doch zum Nachdenken, eine kurze Zeit vielleicht auch zum weiteren Vertiefen.

1.
Der goldene dunkle Nächste

Es war ein grauer, herbstlicher Tag. Am Himmel trieb der Wind schwere Wolken vor sich hin, unten auf der Erde wirbelte er Blätter auf, bis er ihrer überdrüssig war und sie achtlos liegen ließ.

Auf den Wegen klebten Reste verdeckten Laubes, vom letzten Regen noch nicht mit Wasser vollgesogen. Ihre Oberfläche eine glitschige Schmierseifenbahn.

Die Menschen rasteten durch die Fußgängerzone dem überdachten Teilstück einer Einkaufspassage entgegen, Schutz vor dem kalten Wind suchend. Vor den Geschäften der Passage gab es Bänke, sich ein wenig vom Einkaufsstress zu erholen. Eltern saßen zusammen mit ihren Kindern, stopften Hamburger und Pommes in sich hinein, junge Mädchen sogen begierig an süßen Eiskugeln, Jungen hieben mit mächtigen Gebissschlägen ihre Zähne in Dönerbrote.

In der Mitte der Passage hastete eine Frau durch das Gewühl. Von Zeit zu Zeit blickte sie unruhig, nervös zur Seite, immer wieder nach unten auf ihre Einkaufstüten, auch ihre Handtasche hielt sie ständig im Blick. Ihr Atem ging schnell, kiloweise hingen eingekaufte

Lebensmittel an ihren schmalen Händen, in Stoffbeuteln schepperten Flaschen gegeneinander, als wollten sie der Frau eine Klingel verleihen, sich den Weg durch die Menge zu bahnen. Langsam lichteten sich die Plätze, an diesem Teil der Einkaufsstraße gab es die attraktivsten Geschäfte, die meisten Menschen schwirrten durch die verschiedenen Läden, nur wenige saßen auf den Bänken.

Die Blicke der Frau flackerten. Ihr Gang begann, um eine gerade Linie zu schwanken, ein unmerklicher Drall bewegte den Frauenkörper nach rechts. Sie blieb stehen, alles um sie herum begann sich zu drehen, ihr Körper schloss sich dem Kreisen an. Heftig kippte sie nach rechts, gab sich einen Stoß in die entgegengesetzte Richtung, neigte sich überbäumend auf die Gegenseite und sank in sich zusammengefallen zur Erde.

Flaschen zerschellten, eine rote Flüssigkeit entströmte dem Stoffbeutel und verbreitete einen süßen, alkoholischen Duft. Es geschah direkt vor einer teuren Boutique, die Schaufenster überladen mit ausgestellten Pelzen, modisch geschnittener Winterkollektion und handgefertigten Lederstiefeln.

Der Besitzer trat nach draußen, mit einem Blick hatte er die Situation erfasst.

Am frühen Vormittag schon betrunken, murmelte er und verschwand wieder im Geschäft. Kurz darauf erschien er noch einmal, einen Besen in der Hand. Er kehrte die aus den Taschen gefallenen Lebensmittel zusammen und schob sie unter eine Bank, sie den Blicken der vornehmen Kundschaft nicht zuzumuten.

Kurz sah er sich nach allen Seiten um, nur wenige Menschen waren in der Nähe, mit sich selbst beschäftigt, nicht auf ihn, nicht auf die Frau achtend.

Er nutzte die Gelegenheit, hielt den Besen unauffällig vor die Frau und schob den weiblichen Körper hinter einen Blumenkübel, so dass er nicht mehr vor der Boutique lag, auch von dort nicht mehr zu sehen war. Dann drehte er sich um und verschwand hinter der glitzernden Schaufensterscheibe.

Von einem Augenblick zum anderen wechselte das Szenario. Aus einem gegenüberliegenden Schmuckgeschäft eilte eine Verkäuferin nach draußen. Kurz sah sie sich um, Sekundenbruchteile, lang genug aber, die Situation zu erfassen und die Aufmerksamkeit der wenigen Passanten abzuschätzen. Noch immer strömte der süßliche Alkoholduft von den blankgeputzten Granitplatten in die Höhe. Schnell ortete die Frau die Quelle des vertrauten, in diesem Augenblick jedoch unerwünschten, Geruchs.

Neben der Eingangstür stand eine Werbestellwand. Goldene Uhren, brillantenbesetzte Ringe, glitzernde Perlenketten waren abgebildet, die Stellwand geschickt in die Passage platziert, dass sie einen Teil des Passantenstroms automatisch in das Geschäft lenkte.

Mit einer schnellen Bewegung drehte die Frau die Plakatwand und schob sie vor den liegenden weiblichen Körper, aus dessen Nähe noch immer der Alkoholdampf emporkochte. Das liegende menschliche Gebilde war jetzt eingezwängt zwischen Blumenkübel und Werbung, von Geisterhand versetzt, kaum mehr sichtbar für die Einkaufskunden beidseits der Geschäfte.

Die Blumenkübel waren von Bänken umrandet, künstliche Oase der Ruhe in dem Trubel. Eine korpulente Mutter, ein siebenjähriges Mädchen an der Hand, platzierte ihren wuchtigen Körper auf der Holzfläche. Der dicke Frauenkörper steckte schon in winterlicher Kleidung, hier in der überdachten, geheizten Passage schwitzte der Leib und trieb die überflüssige Wärme mit keuchendem Atem aus dem Körper.

Da liegt jemand, sagte das Kind.

Die Mutter reagierte nicht.

Bei den Blumen liegt eine Frau…

Jetzt drehte sich die Angesprochene um und entdeckte für sich das niedergestreckte menschliche Wesen. Von der Alkoholwolke hatte sich der meiste Duft verflüchtigt, aber die Frau besaß eine feine, kulinarische Nase, nahm den kärglichen Rest war.

Ich kauf dir ein Eis, sagte sie kurz angebunden und erhob sich.

Schläft die Frau?

Die Mutter nickte.

Dann müssen wir sie doch zudecken.

Nein, hier ist es schön warm.

Und wenn sie nicht schläft? Warum liegt sie dann hier?

Sie schläft, das verstehst du noch nicht.

Was meinst du?

Manche Menschen schlafen draußen. Sie wollen es eben. Und jetzt lass das Geplapper. Schweigend liefen beide zur nächsten Eisdiele.

Du meine Güte, brach es aus dem Mann heraus, was ist los mit Ihnen?

Er war groß und stark, überbreite Schultern, das volle Haar zu Rasterlocken geflochten, bunte Kleidung hing an der dunklen Haut. Der Mann stieß die Werbewand zur Seite und kniete sich neben die liegende Frau.

Fehlt Ihnen etwas, Madame?

Die Frau schlug die Augen auf, eines öffnete sich nur einen Spalt weit. Ihre Sprache bestand aus lallenden Worten, kaum zu verstehen. Sie versuchte nach ihrer Handtasche zugreifen, der Arm gehorchte ihr nicht.

Bleiben Sie ruhig, sagte der Mann in einem tiefen, sachte dahinfließenden Redestrom. Bleiben Sie ruhig, ich kümmere mich.

Er hob die Frau auf seine Schultern, richtete sich auf und eilte durch die Passage. Nach 50 m kam er an angetrunkenen Männern, Haare extrem kurz geschnitten, vorbei. Sofort zog er ihre Blicke auf sich.

Lass deine dreckigen Finger von der Frau, rief ihm einer zu.

Dabei lockerte er die Leine an seiner Hand, an deren Ende ein Hund hockte. Knurrend sprang das Tier nach vorn. Unbeirrt eilte der dunkle Körper weiter, vorne hatte er das Schild einer Arztpraxis erspäht. Seine Schritte beschleunigten sich, er rannte, als er die Treppe erreichte, hastete die Stufen empor und stürzte in die Praxis.

Die Sprechstundenhilfe erkannte sofort die Situation.

Folgen Sie mir, befahl sie und eilte in ein Behandlungszimmer. Legen Sie die Frau auf die Liege, ich rufe den Doktor.

Das andere nahm seinen vorgezeichneten Lauf.

Wahrscheinlich ein Schlaganfall, sagte der Arzt seiner Helferin zugewandt, rufen Sie einen Rettungswagen.

Kann ich noch etwas tun? fragte der dunkle Mann.

Kennen Sie die Frau? erkundigte sich der Arzt.

Nein, sie lag in der Einkaufspassage.

Wir müssen ihren Namen herausbekommen.

Hier ist ihr Ausweis, ich fand ihn in ihrer Tasche.

Das war sehr umsichtig von Ihnen, sagte der Arzt und fädelte nebenbei mit sicherem Griff eine Kanüle in die Armbeuge der Frau.

Der dunkelhäutige Mann drehte sich um und verließ die Praxis. Er musste zurück, selbst wenn dies bedeutete, an den Hund, den Betrunkenen, den Kurzgeschorenen, wieder vorbeizugehen.

Am Platz angekommen sammelte er die zwischen den Blumenkübeln verstreuten Sachen zusammen. Er durchsuchte die Taschen, außer dem Namen der Frau fand er nichts, keine Anschrift, keine Telefonnummer.

Er griff zu seinem Handy, ein paar Euro hatte er noch auf seiner Sim-Karte als Guthaben. Die Auskunft war verdammt teuer, wie Sand zwischen den Fingern zerrann das Guthaben. Nachdem die Frau die Anschrift mitgeteilt hatte und gerade die Telefonnummer nachschieben wollte, brach die Verbindung zusammen. Die Karte war leer.

Der Mann kannte die Anschrift. Er belud seine Arme mit den Taschen und machte sich auf den Weg, er führte ihn ein drittes Mal an den Kurzgeschorenen vorbei. Nach einer halben Stunde erreichte er das gesuchte Haus. Auf das Klingeln erschien ein gut gekleideter Herr.

Der Fremde erklärte ihm, was vorgefallen war und übergab ihm die Taschen.

Wie kann ich Ihnen nur danken, kann ich irgendetwas für Sie tun?

Nein, schüttelte der dunkle Körper den Kopf, ich habe alles, was ich brauche. Sogar ein Handy. Und ein leeres Portmonee. Er verschwieg es ebenso wie die Tatsache, dass er in diesem Land nur geduldet war.

Wirklich nichts, Sir, ich bin zufrieden. Aber wenn Sie mich mal auf den Boden finden, zwischen Blumenkübeln, dann heben Sie mich bitte auf. Das können Sie für mich tun.

Als der Mann das hörte, ging er traurig ins Haus zurück, denn er hatte noch nie einen Dunkelhäutigen berührt.

„Was meinst du, wer von diesen hat sich als der Nächste derer erwiesen, die zu Boden gestürzt ist?"

„Der, der sie aufgehoben hat."

„Dann geh, und handele genauso."

„Alles, was ihr also von den anderen erwartet, das tut auch ihnen! Darin besteht das Gesetz und die Propheten." (Matthäus 7:12).

„Als der junge Mann das hörte, ging er traurig weg, denn er hatte ein großes Vermögen." (Matthäus 19:22).

2.
Das geschulterte Schaf

Du kleines schwarzes Schaf,
Ich traf
Der Blick der Leute,
Die gestern wie heute
Vom Stolz geblendet sind.
Nun bist du ein Kind
Des Herrn geworden,
Der deine Sorgen
Und dich auf Seinem Rücken trägt.
Er legt
Deine Sünden auf Seine Bürde,
Gebeugt und doch mit Würde
Trägt Er dich durch die stolzen Augen,
Bis dein Vertrauen
Und Glauben
Dich selber tragen.
Dann wirst du nach Ihm fragen,
Weil Er fortgegangen ist.
Doch Er vergisst
Dich nimmermehr,
Selbst im Meer
Der unendlichen Verlassenheit
Dieser Welt – dieser Zeit.

3.
Schuldnerdomino

Draußen rauschten Straßenbäume, Fahrbahn-markierung, Leitplanken, die Schatten der Tiere vorbei. Eine Stunde, noch eine Stunde. Drei Tage war es her. Und jetzt nur noch eine Stunde. Würde sich viel verändert haben? Kaum. Alles würde sein wie beim letzten Mal. Nein, besser, intensiver. Aufsaugen, jeden Augenblick der kommenden Nacht. Erinnerung vorausschauend für die nächsten drei Tage, bis die nächste Nacht kam.

Sein Fuß drückte das Gaspedal tiefer. Unter seinem Körper ruckte das Auto, beschleunigte und schoss nach vorn. Die Schatten der Tiere verschmolzen zu einer schwarzen Wand, durchsetzt von den dunklen Balken der Bäume. Alles war wie ein vorausahnender Traum. Selten überholte er ein anderes Auto, das gleichgültig durch die Nacht trieb. Jetzt war er fast allein, allein mit sich, der Nacht und seinen Erwartungen. Er gab sich seinen Gedanken hin, weit waren sie entfernt, nicht mehr im Wagen selbst, irgendwo dort vorn bereits.

Der Motor drehte sich leise, gleichmäßig über den nachtgesättigten Asphalt, trieb die Räder durch die Zeit, als gelte es, ein blaues Band für die schnellsten Durchquerung des Highways zu ergattern.

Unerwartet wechselte der gleichmäßige Rhythmus, erst kaum zu spüren, dann heftiger. Auf dem Armaturenbrett begannen Lampen aufzuleuchten, grell, dunkles Rot wie vergossenes Blut. Einige Minuten ließ er sich von der Trägheit der angetriebenen Masse vorwärtstreiben, dann hatte er endlich ein Einsehen, dass es zwecklos war. Seine feuchten Hände zogen das Lenkrad nach rechts, mit dem kleinen Finger tippte er auf das Warnblinklicht und ließ den Wagen auf der Standspur ausrollen. Er wusste, dass er nichts von Autos, Motoren, Elektronik, Kabelgewirr verstand. Trotzdem stieg er aus und schlug die Motorhaube hoch. Vor ihm ein unerträgliches Geheimnis aus Elektrizität und Mechanik, mit der Nacht verbündet, gegen ihn, gegen seine Erwartungen an die Zukunft.

Er stellte sich draußen neben das Auto, vom Warnblinklicht schemenhaft erleuchtet und wartete ab. Die wenigen Autos, die er noch vor kurzem überholt hatten, fuhren gleichgültig an seiner Not vorbei.

Sie haben mich vielleicht nicht gesehen, dachte er, vielleicht war der eine oder andere Fahrer eingeschlafen und die Wagen rollten führerlos durch die Zeit. Von hinten hörte er ein lautes Brummen, offensichtlich näherte sich ein größerer Wagen. Bald erkannte er den Servicewagen eines Pannendienstes.

Das Schicksal war ihm gnädig. Erwartungsvoll hob er das Warnlicht in die Höhe und schwenkte es heftig vor seinen Brustkorb. Als der Wagen vorbeifuhr sah er nur noch das Gesicht des Fahrers, im selben Augenblick erlosch das Licht auf dem Dach des Servicewagens, als Zeichen, dass er soeben aufgehört hatte, im Dienst zu sein.

Noch einige Autos rollten an ihm vorbei, sogar ein unbeladener Abschleppwagen. Sie verlangsamten nicht einmal ihre Geschwindigkeit, plötzlich, wie sie aufgetaucht waren, verschwanden sie im Nichts.

Er mochte bereits eine halbe Stunde im Auto gesessen haben, war für einige Augenblicke eingenickt, als ihn ein lautes Hupen aufschrecken ließ. Kurz darauf stand ein Mann neben der Wagentür. Das Gesicht unrasiert, die Haare zu einem Pferdeschwanz verknotet, abgewetzte Jeans über den Beinen, der Oberkörper lässig in einem weiten, über die Hose hängenden Hemd.

Warum konnte ein Mensch nicht ebenso anständig wie er durch das Dasein laufen? dachte er. Dieser Typ war bestimmt

Dauerstudent, der auf Kosten seiner Steuern ein angenehmes Leben führte, vielleicht auch Sozialhilfeempfänger, reiste vergnügt durch das Leben, während andere sich abrackerten.

Er schluckte. Die Not glättete einiges.

Verstehen Sie etwas von Autos? gab er widerwillig zur Antwort.

Machen Sie mal die Motorhaube hoch.

Der Kopf des jungen Mannes verschwand im Motorblock, seine Hände wühlten sich durch das Dickicht der Kabel, die schmalen Finger glitten liebevoll über die warmen Innereien des Wagens. Alles schien in Ordnung. Jedenfalls hatten weder die Augen noch der Tastsinn der Finger einen Fehler gemeldet. Erneut, tiefer als vorher, verschwand der Körper des jungen Mannes, sein angestrengter Atem stieg in die schwarze Nacht, die Bewegungen der Hände wurden kräftiger, zielsicher schoben sie sich ein zweites Mal über die bereits abgetasteten Teile.

Versuchen Sie mal zu starten!

Nichts geschah.

Hab' ich mir gedacht, sagte der junge Mann. Aber Sie haben Glück.

Wieso?

Ich weiß, woran es liegt. Wir müssen ein Teil austauschen.

Sie haben Humor. Wie kommen wir an ein Ersatzteil heran?

Gar nicht. Ich meine nicht, wie Sie denken. Ich werde das Teil aus meinem Auto einbauen und bei Ihnen einsetzen.

Sie werden was? fragte er verwundert.

Schon richtig gehört. Ihr Glück besteht darin, dass ich hier ganz in der Nähe wohne. Die Straße geht von hier fünf Kilometer bergab. Ich werde meinen Wagen auf der Standspur bis zur nächsten Ausfahrt hinunterrollen lassen. Von dort sind es nur einige Minuten zu Fuß nach Hause. Morgen kann ich das regeln.

Das kann ich nicht von Ihnen erwarten.

Müssen Sie auch nicht. Ich mache es trotzdem.

Nach zehn Minuten war die Auswechslung fertig. Der junge Mann holte noch seinen Reservekanister.

Werden Sie brauchen. Ihr Tank ist ziemlich leer, bis zur nächsten Zapfsäule werden Sie es vielleicht nicht mehr schaffen.

Er wollte ihm Geld geben, bat um Adresse, Telefonnummer, der junge Mann winkte nur ab.

Als er sich verabschiedete sah er auf-geschlagene Bücher auf dem Beifahrersitz.

Morgen habe ich Prüfung, sagte der junge Mann erklärend. Wollte eigentlich noch ein bisschen lernen. Aber es wird auch so gehen.

Ihre Wege trennten sich. Er sah noch, wie der alte Wagen gemächlich auf der Standspur den Berg hinabrollte, startete dann den Motor und brauste weiter in die Nacht hinein, seinen Erwartungen entgegen. Die waren weiblicher Natur, zehn Jahre jünger als er, wie in einem kitschigen Roman: blaue Augen umrahmt von langen blonden Haaren. Genau das Gegenteil von seiner Frau, alles, was er die letzten Jahre vermisst hatte.

Die Nacht gehörte ihnen beiden.

Er trat das Gaspedal durch, die verlorengegangene Zeit aufzuholen. Nach einer Viertelstunde sah er von Weitem ein blinkendes Warnlicht am Straßenrand. Er hatte den Highway bereits verlassen und fuhr über eine schmale Landstraße. Beim Näherkommen erkannte er das verzweifelte Gesicht einer Frau. Ihr Zittern verriet, dass sie bereits einige Zeit in der kalten Nacht ausharrte. Er warf einen Blick auf seine Uhr.

Seit einer Stunde wollte er schon bei ihr sein, sie in seinen Armen halten, die Nacht mit ihr teilen. Er verzog nicht einmal eine Mine, als er an der fremden Frau vorbeirauschte. Er verstand sowieso nichts von Autos, außerdem war er ein höflicher korrekter Mensch, der seit einer Stunde verabredet war.

Woher sollte er wissen, dass der Ehemann der am Straßenrand stehenden Frau als Notfall ins Krankenhaus eingeliefert worden war. Vielleicht würde sie ihn nicht einmal mehr ein letztes Mal lebend antreffen.

Jeder hatte doch sein eigenes Schicksal. Langsam erstarrt das Bild der Frau im Schein der sich stetig entfernenden Rücklichter seines Wagens.

„Mit dem Himmelreich ist es deshalb wie mit einem König, der beschloss, von seinen Dienern Rechenschaft zu verlangen. Als er nun mit der Abrechnung begann, brachte man einen zu ihm, der ihm 10.000 Talente schuldig war. Weil er aber das Geld nicht zurückzahlen konnte, befahl der Herr, ihn mit Frau und Kindern und allem, was er besaß, zu verkaufen und so die Schuld zu begleichen. Da fiel der Diener vor ihm auf die Knie und bat: Hab Geduld mit mir! Ich werde dir alles zurückzahlen. Der Herr hatte Mitleid mit dem Diener, ließ ihn gehen und schenkte ihm die Schuld.

Als nun der Diener hinausging, traf er einen anderen Diener seines Herrn, der ihm 100

Denare schuldig war. Er packte ihn, würgte ihn und rief: Bezahl, was du mir schuldig bist! Da fiel der andere vor ihm nieder und flehte: Hab Geduld mit mir! Ich werde es dir zurückzahlen. Er aber wollte nicht, sondern ging weg und ließ ihn ins Gefängnis werfen, bis er die Schuld bezahlt habe." (Matthäus 18:23-30).

4.
NachtEr(Beten)es

Aus fernen Himmelswelten,
Wo Sonnen Sterne zählten,
Tropft die Nacht auf die Erd'.
Sie schluckt des Tages Reste
Und streift die Himmelsweste
Auf den Rücken von ihrem Pferd.

Sie reitet durch die Schwärze,
Bläst aus die letzte Kerze,
Dass alles dunkel wird.
Aus schwarz gewordenen Wiesen
Fremde Laute zerfließen
Und jeder nur Einsamkeit spürt.

Ach Herr, lass Deine Hände
Uns schützen ohne Ende,
Niemand gleicht Deiner Macht.
Lass uns in Frieden schlafen,
Behüt', was wir geschaffen
Bis uns der neue Morgen naht.

5.
Lei(s)tungsdienste

Er saß in seinem ausladenden Ledersessel, vor ihm tat sich die Weite eines wuchtigen Mahagonischreibtisches auf, mit Leichtigkeit bot er 20 Personen Platz. Hinter ihm eine durchgehende Glaswand, die den Blick auf die unter ihm liegende City freigab. Eine vier Millionenmetropole lag ihm zu Füßen. Kaum eine Straße, in dem er nicht durch sein Geschäft Geld verdiente. Die Lichter der Autos schwirrten als glitzernde Sterne durch die Nacht. Er musste zwischendurch eingenickt sein. Die Uhr verriet 04:00 Uhr nachts. Lange war es her, dass seine Arbeitszeit ähnlich spät endete. Jahre, viele Jahre zurück, startete er das Geschäft, es schoss wie ein Atompilz aus dem Boden, bald lag die ansteckende Wolke über der ganzen Stadt. Irgendwie hatte er es fertiggebracht, die Idee der Discountläden auf die Reinigungsbranche zu übertragen.

Er war nicht nur billig, er war auch gut. Qualität war ein Grund für den Erfolg. Gut und billig, eine goldene Straße, sicherlich nicht einfach anzulegen für seine Angestellten, eine Straße geschlagen durch den Dschungel menschlicher

Gewohnheiten und Erwartungen. Gut und billig, dachte er, aber es reichte nicht.

Andere waren auch gut und billig. Der Preis ließ sich nicht mehr beliebig drücken. Also musste noch etwas dazukommen. Die Idee kam ihm bei einem Lebensmitteldiscounter. Hier gab es nicht nur Butter, Milch, Käse, Brot, hier gab es auch Hemden, Fahrräder, Schreibblöcke, Computer. Er musste gut und billig mit etwas anderem kombinieren, etwas normalerweise in der Reinigungsbranche nicht zu Erwartendes. Also bot er einen Rundumservice an.

Reinigungsarbeiten war der Grundstock, die Lebensmittel im Discountgeschäft. Wer wollte, konnte jeden Service zusätzlich buchen. Alle seine Putzfrauen, pardon, Raumpflegerinnen, besaßen eine zweite Qualifikation. Einige waren perfekte Babysitter, andere exzellente Köchinnen, manche ausreichend schnell in Schreibmaschinenschreiben, es gab Reinigungs- kräfte mit Grundkenntnissen in der Kranken- pflege, und, und, und…

Bei ihm konnte der Kunde eine Reinigungskraft buchen, die noch zwei Stunden länger blieb, um die Kinder zu hüten, sich eine Stunde an die Schreibmaschine setzte, unerledigte Briefe zu tippen, die nach der Büroreinigung im Internet jettete, den Büroangestellten die günstigsten Flüge für die nächste Woche heraussuchend.

Plötzlich klingelte das Telefon. Er erschrak. 04:00 Uhr nachts, wer rief ihn an? Seine Frau? Reinigung-rundum Service, Wegel & Co KG, was kann ich für Sie tun?

Es geht heute nicht, stockte die Stimme am anderen Ende. Ich bin fix und fertig.

Ein leises Schluchzen war zu hören.

Was bitte schön geht nicht, fragte er.

Die Arbeit, erwiderte die Frauenstimme. Ich kann heute nicht zur Arbeit kommen. Bitte geben Sie meine Krankmeldung an die Personal-abteilung weiter, nein, tun Sie es doch nicht, ich muss überlegen.

Es entstand eine Pause. Da er seinen Betrieb aus dem FF kannte, verstand er die Situation sofort. In seiner Branche herrschte ein 24 Stunden Betrieb. Die Zentrale war ständig besetzt, falls sich jemand krankmeldete, um einen Ersatz zu organisieren.

Wo ist das Problem? fragte er zurück.

Die Zeit, antwortete die Frau am anderen Ende. Es gibt eine Anweisung. Sie wissen es doch. Man muss sich spätestens eine Stunde nach Dienstbeginn krankmelden.

Das ist vernünftig, sagte er. Ersatz, es muss doch Ersatz besorgt werden. Wann sollten Sie anfangen?

Um 2:30 Uhr.

2:30 Uhr!, fuhr es aus ihm heraus, wo um alles in der Welt gehen Sie um 2:30 Uhr putzen?

Im Bürogebäude am Ligulensee. Danach muss ich noch zwei Stunden in ein Pflegeheim gehen, die Bäder schrubben, bevor die alten Leute selbst abgeschrubbt werden.

Da haben Sie ein Problem, erwiderte er. Sie melden sich eine halbe Stunde zu spät krank.

Könnten Sie nicht, stockte die andere Stimme, könnten Sie nicht sagen, ich hätte um 03:10 Uhr angerufen?

Jetzt erkannte er vollends seine Situation. Die Angestellte in der Zentrale hatte, wahrscheinlich versehentlich, die Telefonleitung in sein Chefzimmer umgeleitet. Er musste sich zu erkennen geben oder in die Rolle der Empfangsdame schlüpfen.

Wie stellen Sie sich das vor? In dieser kurzen Zeit kann ich keinen Ersatz heranschaffen. Sie werden mich verantwortlich machen. 03:10 Uhr werden sie zu mir sagen, die aus der Personalabteilung, sie werden genüsslich 03:10 Uhr sagen und dann mir in die Augen sehen und fragen, warum ich keinen Ersatz herangeschafft habe. Ich hätte noch genügend Zeit gehabt.

Dann werden sie mich kündigen, stockte die Frauenstimme. Sie werden es tun, ich weiß es.

Es entstand eine längere Pause, viele Momente wusste er nicht, ob die Frau noch am Telefon war.

Machen Sie sich keine Sorgen, sagte er plötzlich. Ich glaube, ich kann es schaffen, unser Problem zu lösen. Jetzt sagen Sie mir erst einmal ihren Namen.

Mary, Mary McNorton.

Gut, ich habe es notiert. Was meinen Sie, wie lange sie krank sein werden?

Ich weiß es nicht. Vielleicht eine Woche, ich bin fix und fertig. Wieder begann die Frauenstimme zu schluchzen.

Eine Woche, erst einmal eine Woche, wiederholte er. Ich habe es notiert und werde es an die Personalabteilung weiterleiten.

Danke, vielen Dank, sagte die Frau am anderen Ende. Ich hatte Glück, dass Sie heute Dienst hatten.

Schon gut. Wir müssen jetzt Schluss machen, damit ich noch alles auf die Reihe bekomme.

Als das Gespräch zu Ende war, schaltete er hastig seinen PC an und schickte unter anderem Absender an die Personalabteilung eine E-Mail.

„Mary McNorton hat heute um 03:10 Uhr angerufen, dass sie krank ist. Es wird voraussichtlich eine Woche dauern. Für Ersatz ist gesorgt."

Dann stand er auf und ging in eine Ecke des riesigen Büros, in der ein alter Spin stand. Der erste, den er gekauft hatte, seine letzten Arbeitssachen bewahrte er darin auf. Er nahm den Arbeitsoverall, den Eimer mit Putzmitteln und machte sich auf den Weg in das Hochhaus Ligulenweg. Als er damit fertig war, hastete er zum Pflegeheim, wo er schon ungeduldig erwartet wurde. Der Empfang war ob seiner Verspätung nicht gerade sehr freundlich.

Beeilen Sie sich, trieb ihn die Schwester an. Wir haben Sie heute noch zusätzlich für das Essen gebucht.

Das Essen? wiederholte er.

Ja, hat man es Ihnen nicht gesagt? Bei uns ist jemand aus der Frühschicht ausgefallen. Zwei Stunden Hilfe beim Frühstück. Haben wir kurzfristig in Ihrem Unternehmen gebucht.

Ach ja, entschuldigen Sie, ich vergaß es für einen Augenblick.

Nachdem er mit den Bädern fertig war, müde, abgekämpft, verschwitzt, steckten sie ihn in einen Pflegekittel. Das Essen war bereits ausgeteilt.

Gehen Sie ins Zimmer 20. Die Frau am Fenster muss gefüttert werden. Und danach zum Zimmer 25, der Neuzugang in der Mitte, das gleiche wie in Zimmer 20. Zehn Minuten, verstehen Sie, maximal 10 Minuten für jeden.

Er eilte ins erste Zimmer, im fahlen Morgenlicht erkannte er eine ausgemergelte Gestalt. Die Frau erinnerte ihn an seine Mutter, doch seine Mutter, sie war seit zehn Jahren tot. Vorsichtig richtete er den alten Körper auf und verabreichte das Frühstück.

Jeder Bissen dauerte eine Ewigkeit, alte, verblichene Augen sahen ihn an, während die darunterliegenden Zähne langsam das Brot zermahlten.

„Ich war krank, und ihr habt mich besucht; ich war im Gefängnis, und ihr seid zu mir gekommen. Denn ich war hungrig, und ihr habt mir zu essen gegeben; ich war durstig, und ihr habt mir zu trinken gegeben. (Matthäus 25:35-36).

Der Vormittag war bereits angebrochen, die Büros der Personalabteilung begannen sich zu füllen. Frau Tort, die Personalchefin, checkte ihre E-Mails, alle Krankmeldungen mussten über ihren Tisch, alles, was Macht über andere bedeutete, raffte sie mit ihren gierigen, zittrigen, blinden Händen an sich.

Diese Mary McNorton, sagte sie zu ihrer Sekretärin, sie hat noch einmal Glück gehabt. Aber ich traue der Sache nicht. Lassen Sie mal in der Telefonzentrale durchchecken, wer heute Nacht Dienst hatte und wann der Anruf tatsächlich eingegangen ist.

Die alte Frau legte sich vom Frühstück ermattet zurück. Er eilte ins Zimmer 25, der Neuzugang in der Mitte. Sein Zeitplan war gewaltig im Verzug.

„Wann haben wir dich krank oder im Gefängnis gesehen und sind zu dir gekommen? Wann haben wir dich hungrig gesehen und dir zu essen gegeben, oder durstig und dir zu trinken gegeben? (Matthäus 25:37-39).

Während er sich um den Neuzugang kümmerte lief die Sekretärin der Personalleiterin in die Telefonzentrale.

Mary McNorton schlief wieder, müde und ermattet, vom Fieber gezeichnet, verschwebte sie in einen Albtraum.

Er hatte alles gut hinbekommen. Das Bürogebäude. Die Bäder des Pflegeheims. Und die zwei Extrastunden bei der Pflege. Mary McNorton brauchte keine Angst zu haben, er hatte rechtzeitig Ersatz gefunden.

„Amen, ich sage euch. Was ihr für einen meiner geringsten getan hat, das habt ihr mir getan." (aus Matthäus 25:40).

6.
Lebens-Mode-Schein

Ehrlich
Zu sein, ist gefährlich.
Jeder ist der Mode hörig,
Als töricht
Gilt,
Der sein Bild
Mit Einfachheit kleidet.
Lieber erleidet
Manch einer selbst Verrat,
Anstatt
Er auf Ansehen verzichtet
Und richtet
Sein Leben
Eben als Schein-
Welt ein.

7.
Die Glasfaust

Unter der Glasplatte des Tisches ballte sich seine Hand zu einer Faust. Die Kralle eines schwarzen Raben, die sich in einen unsichtbaren Feind hineinbohrte. Der Feind? War nicht jedermann des anderen Feind, manchmal war man sogar sein eigener Feind. Der Feind war fort, deshalb unsichtbar geworden, trotzdem nur noch realer existierend in seiner Erinnerung, zum Bild gewordener Hass, ummantelt mit Wut, Zorn, besohlt mit Verwünschungen, behutet - das Haupt bedeckt – mit dem Schleier unkontrollierter Emotionen.

Noch einmal griff er zu dem Papier, die alte Seite aus dem Bewerbungsteil einer Zeitung. In diesem Augenblick hatte er sofort gespürt, dass hier seine große Chance lag. Nur eine kleine Annonce, nicht üppig aufgemacht, in Einfachheit strotzend, wohl darauf vertrauend, durch die schlichte Aufmachung die gewünschten Personen anzusprechen.

- Alternative zur Büroarbeit – persönlicher Sekretär gesucht -

Mehr hatte in der Annonce nicht gestanden. Die Zeiten waren doch längst vorbei, dass Einstellungen für persönliche Sekretäre vergeben wurden. Wer konnte sich es noch leisten? Und wenn, wurde ein solcher Posten doch meist an Vertraute, Bekannte, Familienmitglieder, enge Mitarbeiter vergeben.

Alternative zur täglichen Büroarbeit, wiederholte er in Gedanken. Nicht täglich früh aufstehen, fünfmal in der Woche der gleiche Mief, keinen lästigen Bürotisch, kein Käfigbüro inmitten der lauten Stadt.

Inmitten der Stadt. Er biss sich auf die Zunge. Der Arbeitsort des gesuchten Sekretärs war eine spanische Baleareninsel. Im Sommer drei Monate in England, im Winter einen Monat in der Schweiz, die übrige Zeit Spanien, Sonne, Wasser, Balearen.

Er versuchte sich zu beruhigen. Wie konnte er überhaupt sicher gewesen sein, dass er den Job bekommen hätte. Unsinn. Vergeblicher Ablenkungsversuch. Natürlich konnte er dessen sicher sein. Seine Bewerbung war auf ungeahnte positive Resonanz gestoßen. Im Gespräch hatten sie sich hervorragend verstanden. Eine mündliche Zusage hatte er bereits in der Tasche. Besser gesagt im Ohr. Dann die Verzögerung. Die alte Dame, seine zukünftige Vorgesetzte, war kurzfristig erkrankt. Drei Wochen im Krankenhaus, nichts Schlimmes, drei Wochen können jedoch viel verändern.

Während dieser Zeit, unvorsichtig war er gewesen, unvorsichtig nach einem Jahr Arbeitslosigkeit, während dieser drei Wochen war sein alter Freund Ben aufgetaucht. Warum eigentlich? Er wusste es nicht. Das Treffen im Café war ihm gegenwärtig, als habe es eben stattgefunden. Plötzlich hatten sie über Zukunftspläne geredet. Auf einmal begann er, über seinen zukünftigen Job zu sprechen. Natürlich war er so clever, nicht den Namen, nicht die Adresse der alten Dame zu verraten. Ben hatte es herausgefunden. Es konnte nur in der kurzen Zeit passiert sein, als er auf die Toilette ging. Sein Jackett hing über dem Stuhl, mit Brieftasche, darin der Name, Telefonnummer, Anschrift, sogar die Annonce mit Chiffrenummer. In dieser Zeit musste Ben in seiner Brieftasche herumgeschnüffelt haben. Erst im Nachhinein war ihm aufgefallen, dass die Zettel in einer anderen Reihenfolge in der lederschwarzen Börse steckten. Jeden Tag hatte er sie sich mehrmals angesehen. Wer ein Jahr ohne Arbeit ist, lernt auf jede Kleinigkeit zu achten.

Er hatte sich nach der alten Dame im Krankenhaus erkundigt. Zwei Wochen sollte sie noch mindestens bleiben und er nutzte die Zeit für eine Kurzreise – vom Rest seines Ersparten.

Bald würde eine üppige Geldquelle monatlich sprudeln. Bald.

Ben war sein Feind, oder? Er war ein hinterhältiges, niederträchtiges, schmarotzendes Schwein, der Inbegriff eines Schmarotzers, der sich sogar noch am geronnenen Blut der Leichen gütlich tat, die seinen Lebensweg pflasterten.

Nach seiner Rückkehr von der Reise fand er den Brief vor. Von der alten Dame. Die Bestätigung. Er rieb sich die Hände, war gespannt über Einzelheiten.

Sehr geehrter…

Die zurückliegende Krankheit hat mich gezwungen, meine Situation noch einmal zu überdenken. Durch die eingetretenen Umstände sehe ich mich gezwungen, von meiner ursprünglichen Absicht Abstand zu nehmen. Meine geschäftliche Situation hat mich veranlasst, einen anderen Bewerber den Vorzug zu geben. Neben den vergleichbaren exzellenten Voraussetzungen wie Sie verfügt er über eine medizinische Grundausbildung, was mir zusätzlich ein Gefühl von Sicherheit gibt. Ich bedauere außerordentlich, Ihnen keine andere abschließende Mitteilung machen zu können und hoffe auf Ihr Verständnis. Aufgrund Ihrer vorzüglichen Qualifikation bin ich mir sicher, dass Sie bald eine vergleichbare angemessene Stellung finden werden.

Er musste auflachen. Es war, als ob jemand nach zwanzig Jahren Tippen im Lotto sechs Richtige hatte, den Schein nicht mehr finden konnte und ihm jemand mit den Worten zu trösten versuchte: kein Problem, nächste Woche wirst du wieder sechs Richtige haben.

Er wusste sofort, dass Ben der andere war. Ben war jetzt persönlicher Sekretär einer wohlsituierten alten Dame, die auf einem stattlichen Anwesen auf einer spanischen Baleareninsel residierte. Damit nicht genug. Er besaß auf dem weitläufigen Areal ein eigenes Haus, und, da die alte Dame kinderlos war, keine Angehörigen mehr besaß, war dieser Ben in nicht unwesentliche Teile des Testaments eingesetzt worden. Jetzt nach fünf Jahren, fünf Jahre, die bedeuteten, tagein, tagaus in der muffigen Stadt ein Büro aufzusuchen, geschweige denn von den mühseligen Anfahrtswegen, überfüllten stickigen Zügen, vorbei an alkoholgetränkten nachtliegenden Körpern und den neuen vielen dunklen Gesichtern in seiner Stadt, nach fünf Jahren all dieser unsäglichen täglichen Mühen hatte sich Ben getraut, nein eigentlich gewagt, sich bei ihm zu melden.

Statt fünf Jahre Stadtmief, täglicher Mief, grauer Alltag, hätte er fünf Jahre in der Sonne des Lebens zubringen können. Und nun hatte sich Ben, der ihm alles verdankte, sein größter Feind, nun hatte Ben sich erdreistet, ihm zu schreiben, ihn einzuladen, zwei Wochen auf der Finca zu verbringen.

Warum hatte er eigentlich angenommen? Natürlich. In fünf Jahren hatte er über Ben ordentlich recherchiert, eine ganze Reihe grauer Flecken in dessen Vergangenheit aufgespürt. Er würde hinfahren, ein paar Tage den alten Freund spielen und dann, bei einem gemeinsamen Essen mit der alten Dame, die sich noch immer an ihn erinnerte, ja, dann würde er der Alten reinen Wein einschenken. Er biss sich auf die Lippen. Auge um Auge, Zahn um Zahn.

Zu dritt saßen sie auf der weitläufigen Terrasse. Das Anwesen stand auf der Anhöhe einer kleinen Bucht, von drei Seiten ließ sich bequem auf das Meer hinabsehen. Vom Ende des Gartens führten hunderte Stufen zum schneeweißen Strand. Kühl war es geworden. Die alte Dame schlug vor, ins Haus zu gehen.

Ben hatte bereits das Kaminfeuer entzündet, die Natursteine gaben die gespeicherte wohlige

Wärme in den Raum zurück. Er fasste noch einmal in seine Jackentasche. In diesem Briefkuvert steckten Ben's graue Flecken. Eigentlich spekulierte er nicht darauf, dass die alte Dame ihn danach anstellen würde.

Vielleicht doch, er könnte sich als ihr Retter vor diesem kriminellen Ben aufspielen. Er würde abwarten, wie sich alles entwickelte. Vorerst reichte es ihm, wenn Ben gekündigt wurde. Das andere wäre eine nette Zugabe. Zu dritt saßen sie am Feuer.

Seine Hand glitt in die Jackentasche und holte das Kuvert hervor. Ben ahnte nichts. Die alte Frau wunderte sich etwas über sein Verhalten, den hervorgeholten Brief. Ein weiteres Mal betrachtete er Ben. Fünf unnötige miefige Bürojahre stiegen in ihm hoch. Wie viele Kaminfeuer hatte er verpasst? Wie viele Reisen in die Schweiz? Wie viel, wie viel, wie viel. Er riss das Kuvert auf, Ben sah ihn an, erschrocken, intuitiv erschrocken, vielleicht. Das Feuer knisterte, im Schein der Flammen flackerten die Augen der alten Dame auf.

Ich wollte, begann er seine Worte, ich wollte Ihnen sagen, wie sehr ich mich über Ihre Einladung gefreut habe. Ja ich habe mich wirklich gefreut. Sie ist ein Höhepunkt in den letzten fünf Jahren meines Lebens.

Dann nahm er das Briefkuvert und warf es in die Flammen.

Pardon, ein belangloser Brief, ich schleppe ihn schon lange mit mir herum. Beult mir nur das Jackett aus. Er erhob sich und verließ wortlos den Raum.

„Sondern wenn dich einer auf die rechte Wange schlägt, dann halt ihm auch die andere hin.

Ich aber sage euch. Liebt eure Feinde und betet für die, die euch verfolgen, denn euer Vater lässt seine Sonne aufgehen über Bösen und Guten, und er lässt regnen über Gerechte und Ungerechte." (aus Matthäus 5:39,44, 45).

Kommen Sie doch bitte noch einmal zurück. Die zittrige Stimme der alten Frau füllte sich mit der Wärme des Kaminfeuers, das verbrannte Papier hatte das Feuer zusätzlich angefacht. Ich möchte etwas mit Ihnen besprechen.

Die letzten Worte erreichten sein Ohr, als er bereits einen Fuß aus dem Haus gesetzt hatte und drangen als unwirklicher Traum in seine Müdigkeit des vergangenen Abends.

8.
Bündnisfrage

Gott braucht uns nicht,
Doch wir brauchen Sein Licht.
Trotz dieses Ungleichgewichts
Schließt Er mit den Menschen ein Bündnis.
Kann jemand so dumm sein
Und schlägt trotzdem nicht ein?

9.
Das Größte Kleine

Ist es Krebs?

Ja.

Ich habe es mir gedacht. Wie lange, wie lange werde ich noch leben?

Der Arzt schwieg.

Sind es Monate oder Jahre?

Wir sind eine Wissenschaft. Medizin ist eine empirische Wissenschaft. Ich kann es Ihnen nicht sagen. Die Erfahrung wird es zeigen.

Sie war jetzt 43 Jahre. Zwei der drei Kinder bereits in der Pubertät, ein Haus, erst ein kleiner Teil abgezahlt, ihr Mann in einer schwierigen beruflichen Situation.

Was schlagen Sie vor?

Ich kann Ihnen nichts vorschlagen.

Die Stimme des Arztes stockte. Er kannte die Frau seit vielen Jahren. Warum war sie so spät gekommen? Sämtliche Vorschläge waren nichts anderes als eine Tortur, die Bilanz allenfalls einige Monate Lebensverlängerung. Jedoch zu welchem Preis.

Ich will ehrlich zu Ihnen sein. Die Medizin hat lange damit gerungen, mit sich, mit der Wahrheit, mit der Offenheit. Mein Gefühl sagt mir, es ist bei Ihnen am besten, offen zu sein.

Sie haben Familie. Es gibt Dinge zu regeln. Mit 43 Jahren hat kaum jemand daran gedacht, dass es Dinge zu regeln gibt.

Sie schluchzte. Jedes Wort drang in sie ein, tief, nicht verletzend, aber es war die Wahrheit und Wahrheit kann sehr schmerzhaft sein.

Ihre Kinder müssen darauf vorbereitet werden, fuhr der Arzt fort.

Ihre beiden Ältesten werden es, verzeihen Sie mir, wenn ich es so ausdrücke, sie werden es schnell verkraften. Die Probleme mit der Pubertät werden sie ablenken.

Sie nickte.

In zwei, drei Jahren werden sie aufwachen, aus einem Traum aufwachen, als wäre nichts geschehen, feststellen, dass ich nicht mehr bei ihnen bin. Ist es das, was sie meinen?

Ja. Das Leben hat Schutzmechanismen eingebaut. Die Pubertät ist für ihre Ältesten wie ein Schutz, an ihrem Schicksal nicht zu zerbrechen. Ich weiß nicht, ihre jüngste Tochter, wird sie es verkraften?

Der Arzt wusste, dass er mit diesen Worten Ängste vermittelte. Statt Trost zu spenden. Doch diese Angst war real, begründet, hörte nicht auf zu existieren, nur weil sie totgeschwiegen wurde.

Ich danke Ihnen für Ihre Offenheit. Diese Nacht wird schlimm. Können Sie mir etwas zum Einschlafen aufschreiben.

Der Arzt ging zum Medikamentenschrank und holte ein Beruhigungsmittel.

Ich möchte Sie bitten, noch einige Minuten im Wartezimmer Platz zu nehmen.

Wortlos erhob sie sich. Nach einer Stunde, inzwischen waren die letzten Patienten behandelt, die Sprechstundenhilfe hatte seit 15 Minuten die Praxis verlassen, öffnete sich die Tür.

Der Arzt stand vor ihr, nicht mehr im weißen Kittel, unter seinem Arm klemmte die Aktentasche.

Manchmal weiß man nicht, was richtig ist. Sie werden mich für kauzig halten, vielleicht verrückt. Morgen sollten Sie mit Ihren Kindern sprechen. Je früher, desto besser. Ihre jüngste Tochter, wie alt ist sie?

Acht Jahre, warum fragen Sie.

Ich möchte Ihnen etwas mitgeben. Für Ihre Jüngste. Nur für Sie. Versprechen Sie mir, dass Sie es nicht lesen werden? Und sagen Sie Ihrer Tochter nicht, woher Sie es haben. Geben Sie es ihr einfach in die Hand und erklären Sie ihr, dass es ein Geheimnis ist, nur für sie bestimmt.

Der Arzt schwieg. Was er machte, war unverantwortlich. Einem achtjährigen Mädchen diese Bürde aufzuladen. Es war doch nichts anderes als ein nicht zugelassenes Experiment. Schlug es fehl, und es würde fehlschlagen, wie sollte er die Enttäuschung des Kindes auf sich nehmen? Er wusste jedoch keinen anderen Rat. Von irgendwo her waren ihm diese Gedanken in den Sinn gekommen.

Er überreichte der Frau ein Briefkuvert.

Geben Sie Ihrer Tochter diesen Brief. Nachdem Sie alles erzählt haben. Wenn sie beide allein sind. Er ist aus einem alten Buch. Ich glaube, er wird ihrer Tochter helfen. Vielleicht.

Der hektische Praxisbetrieb war vorüber. Sie saß wieder vor dem Arzt, der über den Brillenrand hinweg den Röntgenbefund studierte.

Ich bin kein Radiologe, sagte der Arzt, muss mich auf den Befund verlassen. Das CT hat nichts ergeben.

Seine Stimme war kühl, sachlich, nur wer ihn genau kannte, bemerkte ein leichtes Vibrieren der Töne. Sie starrte ihn ungläubig an.

Vor einem Jahr war ich für Sie ein aussichtsloser Fall.

Nicht für mich. Für die Medizin. Für die Empirie. Es gibt Fehldiagnosen. Zugegeben. Aber solch ein Befund kann keine Fehldiagnose gewesen sein. Die Befunde waren auch nicht vertauscht worden.

Sie schwieg, weil sie spürte, dass andere Gedanken im Kopf des Arztes abliefen.

Selbstheilungen sind bekannt. Einige wenige. Immerhin, einige wurden beschrieben. Haben Sie Ihr Leben umgestellt?

Vieles, erwiderte sie, in solch einer Situation ändert man einiges.

Sie müssen einen starken Willen haben, fuhr der Arzt fort. Es gibt Menschen mit unbändigem Lebenswillen. Sie müssen zu dieser Sorte Mensch gehören.

Ich wollte Sie etwas fragen. Damals, vor einem Jahr. Sie haben mir etwas für meine jüngste Tochter mitgegeben. Ich habe das Gefühl, dass ich sie selbst nicht fragen sollte. Was haben Sie damals geschrieben?

Der Arzt schüttelte den Kopf.

Ich verstehe es selbst nicht. Die Worte waren plötzlich da, irgendwann hatte ich sie in einem alten Buch gelesen. Es würde ihnen nichts nutzen, wenn ich es Ihnen sagte. Auch wenn Ihre Tochter es Ihnen sagte. Irgendwann in Ihrem Leben kommen Sie an einen Punkt, wo es Ihnen plötzlich in den Kopf kommt. Ich glaube jedenfalls, dass es so sein wird.

Er erhob sich und reichte ihr die Hand.

Versuchen Sie, das Leben mit anderen Augen zu sehen. Den Duft der Blumen, das Vogelzwitschern, die Wellen des Meeres, eine Mücke im Abendlicht und – ihre Tochter. Bald ist sie drei, vier Jahre älter. Genießen Sie es, solange sie noch so klein ist. Es wird nie mehr zurückkommen.

" Wer so klein sein kann, wie dieses Kind, der ist im Himmelreich der Größte.

Wenn jemand zu diesem Berg sagt: Hebe dich empor und stürz dich ins Meer! Und wenn er in seinem Herzen nicht zweifelt, sondern glaubt, das geschieht, was er sagt, dann wird es geschehen.

Wer so klein sein kann, wie dieses Kind, der ist im Himmelreich der Größte."

10.
Selige Umkehr

Selig die Blinden!
Die Dunkelheit wird schwinden,
Das Himmelslicht
Wird sich
Ihnen zeigen
Und ewig bei ihnen bleiben.
Selig die Lahmen,
Sie werden sich im Himmel plagen,
Weil sie dort mehr laufen
Als sie schauen
Und mehr rennen,
Als sie sich vorstellen können.

11.
Erstarrte Spende

Beide hatten sich 700 € zurückgelegt. Damit ließ sich einiges Angenehme anstellen, eine Kurzreise, ein Jahr regelmäßige Theaterbesuche mit anschließendem Essen, die Auffrischung der Garderobe, ein neues Bild für das Wohnzimmer, der lang ersehnte Fernsehsessel.

Fernsehen. Hier steckte die Lösung.

Wir wollen damit etwas Dauerhaftes machen. Woran wir uns lange erfreuen. Was noch da ist, wenn wir bereits weg sind, sagte der Mann.

Woran denkst du? fragte sie.

Nun, es gibt einige Möglichkeiten. Anteilig zehn neue Parkbänke stiften. Auf jeder prangt ein goldenes Schild: gestiftet von Hans und Hannelore Bauschhaar.

Menschen werden vorbeikommen, antwortete sie. Verliebte junge Paare. Sich setzen. Ihre Liebe genießen. Vielleicht daran denken, dass ein Hans und eine Annelore auch einmal so jung und verliebt waren.

Er protestierte:

Was heißt waren? Jung gewiss, aber verliebt? Du weißt, ich liebe dich wie am ersten Tag.

Ja, seufzte sie, da sie den ausgehöhlten Klang in seinen Worten vernahm.

Eine Patenschaft im Tierpark übernehmen, fuhr er fort. Der Zoo hat kein Geld. Wie wäre eine Patenschaft. Manchmal kommt das in die Zeitung.

Meinst du wirklich?

Ja, im Lokalteil. Letzte Woche las ich davon, sogar die Namen der Spender waren aufgeführt.

Jeder wird unsere Namen lesen, seufzte sie. Auch die Mieter unseres Hauses. Sie werden denken: Die Bauschhaars, das sind ehrenwerte Leute. Hätten das Geld auf den Kopf klopfen können. Und was machen sie damit? Spenden es für etwas Vernünftiges, damit sich jeder daran erfreuen kann.

Ich bin mir allerdings nicht sicher, ob es jedes Mal in die Zeitung kommt. War letzte Woche möglicherweise nur eine Art Werbung, um mehr Leute als Spender zu gewinnen.

„Brot für Not", seufzte sie. Hast du das Plakat gegenüber gesehen?

Er schüttelte den Kopf und erhob sich dabei. Auf der anderen Straßenseite klebte ein neues Plakat.

Nur ein Kind war abgebildet, seine Augen starrten ins Leere. Darunter ein Hinweis: „Für zwei Euro im Monat können Sie diesem Kind eine Ausbildung geben. Kindern gehört unsere Zukunft."

Drei Kinder, rechnete er auf die Schnelle aus, hier könnten wir drei Kindern 20 Jahre lang ein Leben sichern. Und wozu? Damit sie im nächsten Bürgerkrieg, bei der nächsten Hungersnot, der nächsten Seuche, damit sie an Aids oder im Bürgerkrieg sterben.

Du hast recht, seufzte sie. Ökonomisch gesehen keine sichere Investition. Die Parkbänke würden wenigstens 50 Jahre vorhalten oder ein Käfig im Tierpark, 50 Jahre lang könnten sich tausende von Menschen daran erfreuen.

Sie schlug eine Zeitung auf.

Nein, seufzte sie, so sehr ich deine Gedanken verstehen kann, aber es sind keine guten Gedanken. Wir werden das Geld für Menschen spenden. Und wir werden es alle wissen lassen.

Wie meinst du das? Wer interessiert sich für einen Überweisungsträger, auf dem ich 700 € für Menschen in der Dritten Welt spende!

Kein Papier, antwortete sie. Sie doch mal diesen Abdruck in der Fernsehzeitschrift. Am nächsten Samstag ist eine Sendung von Aktion Sorge & Kind. Alle paar Minuten blenden sie die Namen der Spender ein. Stell dir vor: Parottidi singt und dann erscheint auf dem Fernseher: Hans und Hannelore Bauschhaar, 700 €. Millionen werden es sehen. Die anderen im Haus werden es sehen. Unsere Familien werden es sehen. Deine Arbeitskollegen werden es sehen.

So wurde es beschlossen. Fünf Tage später saßen beide vor dem Fernsehgerät. Vor ihnen stand eine große Platte mit belegten Broten, er hatte sich ein kühles Bier daneben gestellt, sie einen heißen Tee.

Hast du den Aufnahmerecorder eingestellt? wollte sie wissen.

Ja, nickte er. Ich lass zur Sicherheit den anderen im Schlafzimmer mitlaufen.

Du denkst immer an alles, seufzte sie. Ich habe meine Schwester angerufen. Marga nimmt die Sendung auch auf.

Zufrieden biss er in das belegte Brot und spülte den grauen Brocken mit einem Schluck aus der Bierflasche in seinen gesättigten Bauch. Die Sendung plätscherte vor sich hin. Auf einer Titelleiste wurden die Namen mit der Höhe der Spende eingeblendet. Ihr Name war nicht dabei, bis jetzt nicht.

Mit 700 € liegen wir sehr gut, stellte er fest. Die meisten haben nur 100 oder etwas mehr gespendet, das andere sind Firmen. Mit denen können wir nicht mithalten.

Wenn Sie unsere Namen nicht einblenden, seufzte sie, es wäre alles umsonst.

Ich möchte an eine solche Ungerechtigkeit gar nicht denken, erwiderte er. Auch wenn es peinlich wäre, warum sollten wir unsere Spende nicht zurückfordern? Ordnung muss sein. Wir könnten über die Parkbänke…

Du, sieh mal!, rief sie hektisch.

Im Fernsehen sang der Startenor, eine neue Bildleiste wurde eingeblendet. Es gab offensichtlich ein technisches Problem. Die fortlaufend von rechts nach links sich bewegende Bildleiste stand plötzlich still und ihr Name prangte für wenigstens 2 Minuten auf dem Fernseher: Hans und Hannelore Bauschhaar, 700 €. Auch er war außer sich.

Weißt du, was eine Minute Werbung kostet? Seine Augen blickten auf die Uhr.

Seit zwei Minuten machen sie vor 15 Millionen Menschen Werbung für uns. Es hätte uns ein Vermögen gekostet. Nicht einmal die größte Automarke hat eine derart lange Werbung.

Das Telefon klingelte. Beide sprangen gleichzeitig auf. Er ließ ihr dann aber den Vortritt. Sie schwieg nur während des Anrufs, mit weit aufgerissenen Augen, noch weiter geöffnet der Mund.

Wer war es? fragte er, als sie den Hörer aufgelegt hatte.

Marga. Sie war völlig außer sich. Konnte es gar nicht fassen.

Ihre Worte waren kaum verklungen, wieder klingelte das Telefon. Fairerweise war er diesmal an der Reihe.

Du wirst es nicht glauben, brach es am Ende des Gesprächs aus ihm heraus. Rat mal, wer mich angerufen hat?

Meine Mutter? fragte sie.

Er schüttelte den Kopf.

Jemand aus der Familie?

Sein Kopfschütteln wurde heftiger.

Jemand von der Arbeit?

Ja, aber wer?

Nicht etwa dein Chef?

Ob du es glaubst oder nicht. Er es war mein Chef. Gratuliere, hat er gesagt, wir brauchen Menschen mit sozialem Engagement.

Unglaublich, seufzte sie.

Was für eine Rendite, raunte er. Das sind keine 10 %, keine 20 %, das lässt sich überhaupt nicht in Prozenten fassen.

Sie drückte seine Hand. Ihr Stolz steckte bis in den Fingerspitzen. Still genoss er es und blickte dabei auf den Fernseher.

12.
Kuss-Akrobatik

Zirkus
Ist ein Kuss,
Den die
Fantasie
Mit Sehnsucht
Betucht.

13.
Felsiger Sand

Jedes Jahr, jedes Jahr fuhren sie an die See. Bretagne, Felsen, Landschaft, Küste. Die beiden Kinder widersprachen nicht, waren erst sechs und sieben Jahre alt, warum sollten sie, warum Disco, Stadtbummel, Kneipentour, hier am Strand gab es alles, Steine, Sand, seltsame Tiere, Muscheln, Seeigel, jahrtausendealte Versteinerungen, Seetang zu skurrilen Gebilden verflochten, riesige Felsen aus einer anderen Welt, alles gab es hier, viel mehr als in der Wirklichkeit.

Wir werden eine Burg bauen, sagte Janine.
Sie war sechs Jahre, brünette Haare, ein Verkleinerungsspiegel ihrer Mutter. Beide Eltern lagen unter dem Sonnenschirm, eingeschlafen.

Nein, lehnte der Junge ab. Pascal war der ältere von beiden, Junge und ein Jahr älter, es waren zwei entscheidende Unterschiede, zumindest in diesem Lebensabschnitt.

Jeder baut selbst. Du dort hinten. Ich baue bei Mama und Papa.
Janine überlegte. Einen Augenblick dachte sie an Protest, gleich realisierte sie aber die Zwecklosigkeit dieses Unterfangens und lief den

Strand hinunter. Nach 30 Metern hielt sie an. Ihr Bruder sah ihr jetzt nicht mehr hinterher. Er grub mit seinem Spaten bereits im Sand und schüttete gewaltige Berge auf. Bei ihr war alles schwieriger.

Große runde Steine lagen übereinander, Felsen, dazwischen Flatschen von grauem Meeressand, zwischen dem Gestein glühten alte Muscheln im hellen Sonnenlicht, die feuchte Unterseite des ausgedörrten Seetangs verströmte einen unangenehmen Geruch, Schwärme von Fliegen schossen in die Luft, wenn sie eine Muschel aufhob.

Sie wählte einen flachen felsartigen Stein und begann, Sand aufzuschütten. Die Mauern befestigte sie mit Treibholz, von den Wellen zwischen die Felsen gespült. Ihre Burg war nicht hoch, die Außenwände dafür mit hunderten von verschiedenartigen Kalktierchen verziert.

Früher glaubte ich an die Gerechtigkeit.

Die beiden Männer saßen im Straßencafé, ihre Blicke glitten über die Wellen.

Gerechtigkeit, erwiderte der andere. Gerechtigkeit bestimmen immer die anderen.

Dann hast du nichts anderes gemacht, als an andere zu glauben. Was für eine Dummheit!

Nein, der Erste widersprach heftig. Es muss etwas Unabhängiges geben. Etwas, das von mir und dir und von allen 10 Milliarden Menschen unabhängig ist.

Auch von deinem Chef? Du hast doch gesehen, was von ihm unabhängig ist. Gekündigt bist du. Wo ist die Gerechtigkeit? Wo ist dieses Etwas, das von jedem, auch von deinem Chef, unabhängig ist?

Vielleicht hast du recht. Ich dachte immer: Dir passiert das nicht. Sieben Jahre hast du fleißig gearbeitet, immer ein bisschen mehr gemacht als erwartet, dich manchmal krank zur Arbeit geschleppt. Alles wie weggefegt.

Die beiden Männer sahen wieder auf die offene See hinab. Unten am Strand spielten die beiden Kinder. Der Wind trieb unzählige, höher werdende Wellen auf das Land, langsam setzte die Flut ein.

Weggefegt, sagte einer der beiden. Es ist genau das richtige Wort. Man fühlt sich sicher, dich trifft das nicht, dich haut kein Sturm um - und nun das.

Du musst es neutraler sehen, erwiderte der andere. Dich hat ein Schlag getroffen, das stimmt. Aber du bist noch lange nicht umgekippt. Auch wenn du vielleicht das Gefühl hast, aber es sind zwei verschiedene Schuhe, der Schlag ist das eine, Umkippen das andere.

Du hast gut reden. Dein Leben verläuft in glatten Bahnen.

Wenn du wüsstest, dachte der Angesprochene, wenn du nur wüsstest. Wir bekommen doch alle Schläge ab vom Leben, vom Schicksal, von Freunden, von Fremden, von Feinden, von allen möglichen Seiten.

Janine, Pascal, es ist Zeit!
Die schrille Stimme der Frau zerschnitt die Luft. Ihre vom Traum erwachten Augen sammelten die Kinder ein.
Der Junge zerrte seinen Vater in die Höhe. Bis er stand, war das Mädchen eingetroffen.

Du musst dir meine Burg ansehen, rief Pascal und zog seinen Vater fort.
In der letzten Stunde hatte er ein imposantes Gebilde aufgeschüttet, das seiner normannischen Herkunft alle Ehre machte.
Der Vater war sichtlich stolz, vermied aber wegen des Mädchens eine allzu überschwängliche Reaktion.

Wollt ihr meine Burg sehen?, fragte Janine.

Wir gehen ein Eis essen, antwortete die Mutter, nach rechts müssen wir, dann kommen wir an deiner Burg vorbei.

Janine nickte und lief voraus. Nach wenigen Augenblicken trafen die Eltern mit dem Bruder ein.

Schön, Janine, sagte der Vater. Und was für schöne Muschelwände. Und jetzt, jetzt freuen wir uns auf ein riesengroßes Eis, das kälter als der Nordpol ist.

Die Kinder liefen vorweg, die Dünen hoch, langsam folgten die Eltern.

Wie verschieden beide sind, sagte der Vater. Ich glaube, aus unserem Jungen wird mal etwas Großes. Hast du gesehen, was er in dieser kurzen Zeit gebaut hat?

Ja, antwortete seine Frau. Vielleicht könnt ihr nachher zusammen weiterbauen. Ich glaube, Pascal wäre begeistert.

Während sie an der Eisdiele saßen und jeder sich an einer großen Portion abkühlte, trieben Wind und Flut das Wasser in die Bucht. Einkäufe waren auch zu erledigen. Es wurde abends, bis sie Zeit hatten, bevor die Nacht das Meer küste, Zeit, noch einmal zum Strand hinunterzulaufen.

Die Burg des Mädchens funkelte im glühenden Rot der untergehenden Sonne. Wie ein feuriges Haus trotzte sie auf dem Felsstein, zu dessen Füßen neues angeschwemmtes Treibholz lag.

Sonst war der Strand leer, alles fortgespült.

„Wer diese meine Worte hört und danach handelt, ist wie ein kluger Mann, der sein Haus auf Fels baute. Als nun ein Wolkenbruch kam und die Wassermassen heranfluteten, als die Stürme tobten und an dem Haus rüttelten, da stürzte es nicht ein, denn es war auf Fels gebaut (Matthäus 7:24,25).

Die beiden Männer erhoben sich. Den ganzen Nachmittag hatten sie im Strandcafé gesessen. Die Beine waren schwer geworden.

Du hast recht, sagte der Erste. Er war froh, nach dieser langen Zeit sich wieder aufrichten, seine Glieder strecken zu können. Schläge bekommen wir alle ab. Aber ich werde mich nicht umhauen lassen.

Er sah nach unten, betrachtete seine Füße, die auf den glatten alten Felsen des Strandes der Bretagne ruhten.

14.
Einkehrende Rückkehr

Der Mond ist aufgegangen,
An seinen alten Wangen
Hängt gold'ner Sternenstaub.
Aus fernen Welten steigen
Der Träume bunter Reigen,
Da sich der Tag dem Ende neigt.

Die vielen alten Herzen
Verwandeln sich zu Kerzen,
Aus den'n das Leben weicht.
Ihr vielen jungen Augen
Werdet ihr Bess'res schauen?
Vielleicht nur, was dem Alten gleicht.

Herr sieh, mein Lebenswagen,
Die Räder abgefahren,
Der Atem müd' und schwer.
Schenk mir aus Deinen Armen
Barmherzigkeit, Erbarmen,
Damit ich einst bei Dir einkehr.

15.
Der Innenseiter

Es war zweifellos das wichtigste Spiel des Jahres, das wichtigste Spiel seiner Trainerlaufbahn. Und diese dauerte immerhin bereits zehn Jahre. Endlich stand er kurz davor. Kurz vor der Meisterschaft. Nach über 30 Spielen nur noch ein letzter Schritt und dann - die anderen Vereine würden sich um ihn reißen; Triumphzug in der Wagenkolonne durch die von Menschen gesäumte Stadt, Empfang beim Bürgermeister, sein Name im goldenen Buch der Stadt, der Blick vom Rathaus auf die Zehntausenden, der stolze stille Blick seiner Frau über den Erfolg, unmerklich würden den Kindern alle Türen aufgehen, in der Schule, Ausbildung, Beruf. Nur noch ein Spiel. Aber es muss, musste gewonnen werden. Eine Woche Zeit.

Vor ihm lag der Bogen mit den Namen aller Spieler. Die Saison über hatte er sich Einträge gemacht. Die Nummer eins, der Torwart, war gesetzt. Er war die halbe Miete. Brachte er seine Form, stand der Erfolg eigentlich schon fest. Die letzten Spiele hatte er kein Gegentor kassiert. Und da er einen Stürmer besaß, die Nummer neun, die in jedem Spiel bisher einen

Treffer erzielt hatte, stand das Ergebnis bereits fest. Mindestens eins zu null, kein Gegentor, das war die Null, mindestens ein eigenes Tor durch die Nummer neun, das war die Eins.

Die Viererabwehrkette musste er nicht verändern. Es war der beste Abwehrriegel der Liga. Und, zwei von ihnen hatten noch keinen Titel errungen, sie waren heiß auf dieses Spiel, um einmal selbst Meister zu werden.

Hinten wird die Null stehen, resümierte er, seine beste Abwehr spielte gegen den schlechtesten Sturm. Der Gegner hatte so wenig Tore wie kein anderes Team geschossen. Nicht einmal ein Tor pro Spiel.

Die Nummer Eins und die Viererkette, wiederholte er und trug die Namen der Spieler auf einen Bogen ein.

Daran werde ich nichts ändern.

Jetzt kam jedoch der Punkt, wo seine Entscheidung nicht feststand. Welches System sollte er spielen lassen? 4-4-2 oder 4-3-3? Er war ein Bauchmensch, jedenfalls bei wichtigen Entscheidungen. Bei 4-4-2 hatte er sofort ein sicheres Gefühl. Es würde das richtige Spielsystem sein. Zwei defensive Mittelfeldspieler vor der Abwehr, die Nummer acht und Nummer 20, davor seine beiden aggressiven offensiven Mittelfeldspieler, beide zudem torgefährlich.

Nummer neun war im Sturm gesetzt, er war in jedem Spiel für ein Tor gut. Blieb nur der zweite Stürmer offen. Je länger er darüber nachdachte, desto weniger konnte er sich entscheiden. Selbst sein Gefühl ließ ihn im Stich. Alles blieb offen. Die Tage verstrichen, die Trainingseinheiten, er konnte sich nicht festlegen.

Es war der letzte Nachmittag vor dem Spiel. Im Kopf stand seine Mannschaft fest. Bis auf den zweiten Stürmer. Es war zunächst egal. Er hatte für den Nachmittag mit jedem Spieler ein 20-minütiges Gespräch eingeplant. Jeden wollte er einzeln auf das Spiel einschwören, in die Taktik einweisen, ihm die Wichtigkeit dieser Begegnung ein letztes Mal klar machen.

Der Co-Trainer leitete die Übungseinheiten auf dem Spielfeld. Er hatte sich an den Rand eine Bank bringen lassen, wo er die Gespräche abhielt. Die Mannschaft sollte seine Anwesenheit, seine Autorität spüren, er wollte in diesen letzten Stunden nicht irgendwo in einer Kabine oder einem entlegenen Vereinsbüro verschwinden. Nach dem zweiten Gespräch hatte er das Gefühl, etwas Überflüssiges zu tun. Die Spieler waren bis in die Fußnägel motiviert. Es bedurfte keiner Gespräche. Im Gegenteil, es bestand die Gefahr der Übermotivation. Die Taktik hatten sie hunderte Mal besprochen, die Motivation war perfekt, er musste achtgeben, die Mannschaft nicht zu übermotivieren. Dennoch spürte er, dass das i-Tüpfelchen fehlte, etwas Ungewöhnliches, womit weder die Mannschaft noch der Gegner rechneten.

Natürlich, schoss es ihm durch den Kopf. Ich werde mitspielen. Nicht morgen beim Meisterschaftsspiel. Heute, beim letzten Trainingsspiel. Sie kennen mich nur in Anzug und Krawatte oder vom Seitenrand.

Alle waren tatsächlich mehr als verblüfft, als ihr Trainer in kurzen Hosen plötzlich unter ihnen stand. Seine Bewegungen verrieten, dass er einmal gut am Ball gewesen war, trotzdem waren das Alter, die angesetzten Fettpölsterchen, die fehlende Geschmeidigkeit der Abläufe nicht zu übersehen. Es tat keinen Abbruch. Alle waren begeistert, er, die Mannschaft, es war das i-Tüpfelchen, das gefehlt hatte.

Die Spieler empfanden ihn als ihresgleichen und wie einen Vater, der sich um sie kümmerte, ohne abgehoben über ihnen zu stehen. Die ganzen letzten Jahre hatten sie diese besondere Stimmung nicht gehabt. Es war ein plötzlicher

Gedankenblitz, sein Gefühl, dem er diesen genialen Einfall verdankte.

Das Trainingsspiel dauerte bereits eine halbe Stunde. Von rechts außen kam eine scharfe Flanke in den Strafraum. Er brauchte nur den Kopf hinzuhalten, intuitiv wie früher. Krachend schmetterte der Ball von seinem Kopf an die Unterkante der Latte und von dort ins Tor. Ehe er sich versah, hatte sich eine Spielertraube über ihn gebildet. Er, der Trainer, hatte als erster die Nummer Eins, ihren Startorhüter, überwunden. Was für ein Tor! Wimbledon war nichts dagegen.

Weiter, weiter!, rief er und scheuchte die auf ihm liegenden Spieler hoch. Beide Trainingsmannschaften liefen in ihre Hälfte, Aufstellung für den Anstoß zu nehmen. Er trabte an der Seitenlinie entlang, sein Platz war im hinteren Mittelfeld. Als er an der Ersatzbank vorbeikam, fiel sein Blick auf Kalle. Ungute Gefühle kamen in ihm hoch. Gewiss, dieser Kalle war einer der talentiertesten Stürmer, aber er machte nichts daraus. Letzte Woche musste er ihn vom Training suspendieren, als er angetrunken erschienen war. Disziplinlosigkeit, Frauengeschichten und jetzt das Trinken, dazu eine Schachtel Zigaretten am Tag. Die Mannschaft hatte sich von Kalle distanziert.

Nach der Saison war Kalle ablösefrei, der Verein würde ihn abgeben. Damit war das Problem für ihn erledigt.

Für einen winzigen Moment fielen seine Augen in Kalles starren Blick. Plötzlich überkam ihn sein Gefühl, sein Gespür für eine anstehende Entscheidung.

Als er das Spielfeld verließ, war die Enttäuschung der Mannschaft riesengroß.

Was ist los, Trainer?

Keine Lust mehr?

Wo bleibt ihr Einsatz?

Er spürte das große psychologische Unglück seiner Entscheidung. Das erste Mal hatte die Mannschaft das Gefühl, er würde einer von ihnen sein, sich um sie richtig kümmern, weil es ihm wichtig war, nicht nur, weil er Trainer war. Und in diesem Augenblick verließ er die Mannschaft. Etwas Verkehrteres hätte er vor dem wichtigen Spiel nicht machen können.

Doch da war dieser Kalle, da war sein Gefühl, dass ihm keine andere Wahl ließ. Während er noch mit der Mannschaft diskutierte, war Kalle in der Kabine verschwunden. Er lief ihm hinterher, wortlos setzte er sich neben den Spieler.

Was wollen Sie, Trainer? fragte Kalle.

Reden!

Geben Sie sich keine Mühe. Sie haben selbst gesagt, ich gehöre nicht mehr zur Mannschaft.

Das stimmt. Du weißt, warum.

Ja. Sie hatten recht. Aber sie hätten es anders anstellen können, ohne mich vor dem Team bloßzustellen.

Du hast dich selbst ins Abseits begeben.

Ja, antwortete Kalle. Wenn einer in die Grube gefallen ist, braucht er niemanden, der noch auf ihn tritt.

Nun verdrehst du aber die Sache. Seine Stimme wurde ärgerlich.

Lassen wir das. Morgen ist die Saison vorbei. Und meine Zeit in der Mannschaft.
Beide schwiegen. Plötzlich ging die Tür auf. Zwei Spieler erschienen.

Sie müssen kommen, sagte die Nummer Neun zum Trainer. Die Mannschaft besteht darauf, mit ihnen das Trainingsspiel zu Ende zu spielen.
Er sah auf die beiden Spieler. Es waren seine beiden wichtigsten. Der Torwart und die Nummer neun, immer gut für ein Tor, immer gut gegen ein Tor.

Es ehrt mich, erwiderte er. Leider geht es nicht. Nehmt den Co-Trainer an meiner Stelle.
Ihre Enttäuschung war spürbar wie ein Wunder Meter dicke kalte Mauer. Schweigend verließen sie den Raum.

Du wirst morgen spielen, sagte er zu Kalle. Zweiter Stürmer neben der Nummer neun.

Kalle blieb stumm. Dann sagte er plötzlich:

Nein. Sie haben mich rausgeschmissen. Gehen Sie zur Mannschaft. Es ist gescheiter.

Pass auf Kalle, der Vertrag läuft bis zum Saisonende. Du wirst morgen spielen. Ich gehe jetzt, deinen Namen als letzten auf den Spielerbogen einzutragen.

Am nächsten Tag knisterte die Stimmung in der Mannschaft wie trockenes Schwarzpulver. Niemand verstand die Entscheidung des Trainers.

Die erste Halbzeit ging total in die Hose. Hinten stand zwar die Null, aber zweimal hatte nur der Pfosten sie gerettet und im Mittelfeld und Sturm lief nichts zusammen. Trotzdem änderte er nichts an der Aufstellung. Die Minuten verstrichen. In der 75. Minute hatte sich zum ersten Mal ihr Rechtsaussen durchgesetzt und flankte scharf in die Mitte. Die Nummer Neun stieg hoch, wurde jedoch von einem gegnerischen Verteidiger am Trikot umgerissen. Der Elfmeterpfiff kam sofort.

Alle blickten sich an. Die Nummer Neun läuft zum Ball und legte ihn auf den Elfmeterpunkt.

Als Trainer blieb ihm keine andere Wahl. Wütend sprang er auf. Zu seiner Zeit war es ein festes Gesetz, dass der gefoulte Spieler den Elfmeter nicht schießen durfte.

Du schießt nicht, Gerd!, rief er seiner Nummer Neun zu.

Alle waren irritiert. Die Nummer Neun verließ wütend den Strafraum. Niemand traute sich vor. Der Schiedsrichter sah ungeduldig auf die Uhr. Von hinten kam die Nummer 22, Kalle, nach vorn. Schweigend lief er an den anderen vorbei und korrigierte die Lage des Balles.

„Was meint ihr? Wenn jemand hundert Schafe hat und eins von ihnen sich verirrt, lässt er dann nicht die neunundneunzig auf den Bergen zurück und sucht das verirrte?

Und wenn er es findet – amen, ich sage euch: er freut sich über dieses eine mehr als über die neunundneunzig, die sich nicht verirrt haben." (Matthäus 18:12,13).

Eine Woche später stand er als Trainer auf dem Rathausbalkon. Sein Name war im goldenen Buch der Stadt eingetragen. In der offenen Wagenkolonne waren sie durch die Stadt gefahren. Seine Gedanken gingen zurück. Er hatte gewusst, dass der Elfmeter die einzige echte Torchance sein würde. Seine Blicke gingen nach unten. Überall standen Menschen herum, in Gruppen zu neunundneunzig, der Platz war voll davon. Ab und zu erkannte er zwei verlassene Augen, verlassene Augen inmitten der unendlichen Menschenmenge.

16.
Unsichtbare zu fühlende Worte

Der Geist löste ihre Zunge
Und aus dem Grunde
Ihres Herzens kamen Worte,
Die sie an diesem Orte
Noch nie vernommen hatten.
Ihre matten
Glieder belebten sich
Durch das Licht,
Das der Geist auf sie warf.
Eine leise Stimme sprach
Zu ihnen.
Es war, als erschienenen
Scharen von Engeln aus der Höhe,
Damit jede
Seele in eigener Sprache vernimmt.
Mit diesem Ereignis beginnt
Pfingsten jedes Jahr von Neuem,
Die Ohren in eigener Sprache zu erfreuen
Mit Worten, die fremde Zungen sprachen
Und die dennoch ins Herz trafen.

17.
Machtmissbrauchsmacht

Herr Ebenda hatte sich hochgearbeitet, und das im wahrsten Sinne des Wortes. Er war im untersten Teil der Stadt geboren worden, dort, wo etwas wie Slumbildung eingesetzt hatte. Damit nicht genug.

Seine Familie wohnte in einer Souterrainwohnung, wenig Licht, viel feuchte Erdkälte, von den Menschen sah man meistens nur die Beine, schnelle und gemächliche, zügige, verhaltene, alle möglichen Formen von Schritten, aber eben nur die Beine. Auch die Sohlen der Schuhe waren interessant, zumindest für ein Kind, was dort alles dranklebte, zermanschte Blätter, totgetretene Käfer, Nägel, Holzsplitter, Hundekot. So sah also die Welt von unten aus, dunkel, ein vielschattiertes Grau, aber immer nur grau.

Doch das Leben sorgte für Ausgleich, wenn einer nur wollte. Jeder konnte sich aus dem Dreck hocharbeiten – und er hatte es geschafft – Abitur ohne Schulgeld, Studium Dank Stipendien, gehobene Beamtenlaufbahn, frühzeitiger Eintritt in die regierende Partei, erst stellvertretender Ortsvorsitzender, jetzt deren Chef und, in Personalunion, seit vier Jahren Bürgermeister der Stadt.

Hochgearbeitet, sein Büro war in der obersten Etage des Rathauses, es thronte auf einem kleinen Hügel in der Mitte der Stadt, alles ließ sich überblicken. Er sah nicht mehr die Sohlen des Lebens, zermanschte Blätter, totgetretene Käfer, eingetretene Nägel und Holzsplitter, vertrockneten Tierkot. Er sah den Menschen auf ihre empfindlichste Stelle. Auf ihr Haupt, sah kreisrunde kahle Stellen - eitel kaschiert, grell getönte Haarsträhnen, Kinderlocken inmitten von Schmetterlingshaarspangen, gefärbte graue Haare eitler Frauen – und Männer. Hier oben sah ihm niemand auf den Kopf.

Jetzt war er der Boss. Die Vergangenheit lag hinter ihm, vergessen, erledigt, ein weggeworfenes, entsorgtes Kleidungsstück.

Es war noch besser gekommen. Alles konnte immer besser kommen. Auf diese Philosophie waren sein Land, sein Leben aufgebaut. Niemand sah die Sackgasse am Ende der vermeintlichen Himmelsleiter.

Seit einem Jahr wohnte, nein, er residierte in einem alten Herrenhaus, im oberen Teil der Stadt, ebenfalls auf einem kleinen Hügel, umspült von den sanften Windungen des Flusses, der sich durch das Menschenkonglomerat schlängelte.

Die Jahre hatten ihn sicher, sehr selbstsicher, werden lassen. Die Ehe mit seiner Frau hielt er wegen der Gesellschaft nach außen hin aufrecht. Sie war nichts anderes als eine potemkinsche Zweisamkeit, die hohlen Wände wacklig gegeneinander gelehnt, für beide von Vorteil, denn auf diese Weise stürzte keine der potemkinschen kalten Wände ein.

Vor einem Monat war sie ihm zuerst aufgefallen, als er dem Baudezernenten einen Besuch abstattete. Vielleicht dreißig Jahre war sie, natürlich blond und blaue Augen, lange Beine bis zum Hals, durch Absätze erhöht, kaum ein Drittel durch einen kurzen Rock verdeckt, lange rote Fingernägel, die beim Schreiben über das Papier kratzten. Das andere war Routine. Er schuf eine neue Stelle, zur Intensivierung der Beziehungen zu den Partnerstädten. Seine erkundeten Spekulationen gaben ihm recht. Sie bewarb sich ebenfalls um diese Stelle, neben zwanzig anderen Kandidaten, alle höher qualifiziert.

Ich benötige keinen Theoretiker, ich brauche dafür einen Praktiker, hatte er in der Sitzung getönt. Frau Sohübsch ist genau die Richtige. Wir haben fünf Partnerstädte. In drei von ihnen hat sie mehrere Jahre gelebt. Ich benötige keinen Winkeladvokaten, sondern jemanden, der Erfahrung mitbringt.

Natürlich hatte er vorher ihren Lebenslauf studiert und sich deshalb für eine Stelle zur Intensivierung der Partnerbeziehungen entschieden. Zur Not hätte er eine Stelle zur Beurteilung von Kosmetika unter dem Aspekt neuer Städtetrends geschaffen, falls ihre einzige Qualifikation in der Utilisation besonders vieler dieser Produkte bestanden hätte.

Und er ließ es sie bald wissen, wem sie diese Stelle verdankte. Wieder hatte er sie richtig eingeschätzt. Der neue Posten hatte ihr Gehalt verdoppelt, wäre ihm noch mehr daran gelegen, würde er an einer bestimmten Stelle ansetzen, sie in kurzer Zeit das Dreifache bekommen.

Die ersten Wochen ihrer Beziehung rechtfertigten diese Investitionen. Sie war gewissermaßen die Mittlerin, über die er mit den Partnerstädten konkubierte. Die Intensivierung der Partnerschaftsverbindung zu den anderen Städten durfte dem Steuerzahler etwas wert sein. Die Besucherströme zwischen den sechs Städten würden anwachsen, durch den Tourismus überall das Geld sprudeln.

Alles war schön, bis dieser Schnösel, dieser Herr Gegendich auftauchte. Nicht genug, dass er sich auf seine Beute stürzte, obendrein war er auch der Sohn seines ersten Vermieters und mit diesem verband er alles andere als angenehme Erinnerungen.

An einem Nachmittag saß er mit seinem persönlichen Pressesprecher im Büro.

Wie lange sind Sie jetzt bei mir, Herr Mundauf, fragte er.

Zwei Jahre, Herr Bürgermeister Ebenda, seit gut zwei Jahren.

Er räusperte sich.

Und nun, Herr Mundauf, sagen Sie mir, wie lange sie vorher arbeitslos waren.

Der Andere wurde verlegen.

Drei Jahre, krächzte er, etwas weniger als drei Jahre.

Haben Sie von jemandem in diesem Land gehört, der aus drei Jahren Arbeitslosigkeit zum Pressesprecher eines Bürgermeisters katapultiert wurde?

Nein, Herr Bürgermeister Ebenda.

Sie wissen, wieviel unangenehme Fragen es mich gekostet hat. Und Sie wissen, warum ich Sie geholt habe.

Der Andere zuckte mit den Schultern.

Sie wissen es sehr genau. Mit denen von der Presse werde ich allein fertig. Dazu benötige ich Sie nicht. Sie sind mein Allzweckräumgerät.

Ihr was?, wenn ich fragen darf.

Sie dürfen überhaupt nicht. Sehen Sie, im Kunstamt arbeitet ein gewisser Herr Gegendich. Ich gebe Ihnen vier Wochen, Mundauf, dann ist dieser Kerl verschwunden, nicht nur aus dem Amt, völlig von der Bildfläche, ohne Beamtenstatus, am besten als Penner unter einer Brücke oder im Gefängnis. Wozu gebe ich denn so viel Geld für Gefängnisbauten aus?

Der Pressesprecher schluckte. Er hatte keine Wahl. Es ging nicht allein um ihn, es ging um seine Familie, das Auto, Ansehen der Nachbarn, regelmäßig zweimal im Jahr Familienurlaub, neue Schuhe, gutes Essen auf dem Tisch.

Er schaffte es in dreieinhalb Wochen.

Gegendich war vom Amt suspendiert, hatte ein Verfahren wegen falscher Spesenabrechnung, Korruptionsverdacht und Veruntreuung von Geldern an der Backe. Das mindeste war der Verlust des Beamtenstatus, vielleicht kam sogar eine Verurteilung auf Bewährung mit Eintrag als Vorstrafe heraus.

Als er die Nachricht erfuhr, traf er sich am selben Abend mit ihr. Das Revier war bereinigt, eine alte Rechnung mit seinem ersten Vermieter beglichen, er hatte sich hochgearbeitet, auf der Arbeit, mit dem Wohnort - an der Frau heruntergearbeitet.

Es war dabei heute Abend ein anderes Gefühl als zuvor, nicht uninteressant, sehr befriedigend. Als er fertig war ließ er sich zufrieden zur Seite fallen. Sie steckte sich eine Zigarette an. Eigentlich hasste er Frauen, die rauchen, besonders, die danach rauchten. Er betrachtete den vertraut gewordenen Körper. Frau Sohübsch wurde zu einer Fehlinvestition. Sie füllte die Stelle nicht im Geringsten aus. Nichts hatte sich in den Beziehungen zu den Partnerstädten geändert. Bald würde sich in der Kommunalsitzung Unruhe regen. Das konnte er jetzt am wenigsten gebrauchen. Die Wahlen standen an. Aber ihre Beziehung dauerte noch nicht lange, hatte sich noch nicht amortisiert.

Er berechnete Zahlen, wie oft sie zusammen waren und brachte es in Relation zu den investierten Steuergeldern. Auf dieser Ebene hatten sich die Investitionen wirklich noch nicht amortisiert. Dazu würde er die Beziehung drei weitere Monate aufrechterhalten und dann seinem Pressesprecher Mundauf zu einer Unterredung holen. Das bedeutete eventuell, eine weitere Stelle zu schaffen.

Außerdem galt es, jemanden von der Familie unterzubringen. Eigentlich hatte er an die neue Stelle von Frau Sohübsch gedacht. Er entschied sich gegen diese Lösung. Viele Dinge mussten intensiviert werden. Irgendwo würde sich ein dringend benötigtes Aufgabengebiet finden lassen. Schließlich war er der Chef.

„Ihr wisst, dass die Herrscher ihre Völker unterdrücken und die Mächtigen ihre Macht über die Menschen missbrauchen. Bei euch soll es nicht so sein, sondern wer bei euch groß sein will, der soll euer Diener sein, und wer bei euch der erste sein will, soll euer Sklave sein." (Matthäus 20:25-27).

18.
Gefüllte Traumleere

Wer leere Räume
Mit Träume
Füllt,
Malt ein Bild,
Ohne Farben
Auf dem Pinsel aufzutragen.

19.
Reuende Penetranz

Dürfen wir?

Der Junge schüttelte den Kopf:

Nein, er ist total sauer auf uns.

Wegen gestern?

Ja, wegen gestern. Ich hab's ja gleich geahnt. Das Mädchen überlegte. Gestern. Gestern war doch vergangen. War es gerecht, eine Entscheidung für morgen von gestern abhängig zu machen?

Was denkst du, fragte der Junge. Er beobachtete seine schweigende Schwester.

Dass du schuld bist. Ich meine wegen gestern.

Nun drehst du aber durch. Wir sind beide zu spät nach Hause gekommen. Du sogar später als ich, genau gekommen bin ich vor dir ins Haus gegangen.

Nicht gerade Gentlemanlike!

Na und. Ist es Ladylike, mir jetzt die gesamte Schuld zu geben?

Darum geht es überhaupt nicht. Aber du wolltest noch bleiben. Mindestens dreimal habe ich dir gesagt, dass wir nach Hause müssen.

Drei Mal! Den ganzen Abend hast du mich damit genervt. Weißt du, wie lange ich Sabine nicht gesehen habe? Ein Jahr. Genau ein Jahr.

Und plötzlich treffe ich sie auf der Party. Obwohl sie doch in Amerika auf der Highschool sei sein sollte.

Jetzt schwiegen beide. Sie war 17, ihr Bruder ein Jahr jünger. Gestern waren sie zwei geschlagene Stunden zu spät nach Hause gekommen. Das große Donnerwetter war ausgeblieben. Mehr ein Trockengewitter. Keine wortreichen Ergüsse, ein einfaches knappes Nein.

Wir könnten Mutter fragen, schlug der Junge vor.

Funktioniert nicht mehr, erwiderte sie. Ich habe das Gefühl, sie haben sich in letzter Zeit abgesprochen. Um eine Front zu bilden. Geschicktes Manöver. Ist er sehr sauer?

Ich weiß nicht. Er sitzt nur vorm Fernseher und schaut Fußball. Man hat den Eindruck, er hört gar nicht hin. Wartet, bis man seinen Psalm aufgesagt hat und sagt nur: Nein! Nicht einmal aufgeschaut hat er.

Dann wird wohl nichts zu machen sein.

Lass es uns noch einmal versuchen. Ich will unbedingt zum Treffen. Seit einem Monat freue ich mich darauf.

Beide holten tief Luft. Sie verließen ihren konspirativen Raum und betraten das Wohnzimmer. Ihr Vater saß im Sessel. Noch immer lief der Sport. Sie zogen sich in den Flur zurück.

Was sollen wir sagen? flüsterte sie.

Ich weiß nicht, erwiderte der Junge. Es war deine Idee, es ein zweites Mal zu versuchen.

Dann lass uns erst nachdenken.

Einige Minuten vergingen, aus dem Zimmer klang in die aufdringliche Reportage des Kommentators. Keinem von beiden fiel etwas ein.

Sie warteten bis zur Pause und betraten dann das Zimmer. Bis zuletzt wusste keiner von beiden, wie sie es versuchen sollten.

Ihr Vater sah auf:

Vereinter Generalangriff? sagte er trocken. Ihr braucht euch keine Mühe zu geben.

Es tut uns leid, sagte das Mädchen. Wir hätten wenigstens anrufen können.

Das ist wohl wahr. Könnt ihr euch einmal vorstellen, welche Sorgen wir uns machen, wenn ihr nicht rechtzeitig nach Hause kommt? Es gibt Telefon. Es gibt Handys. Es gibt SMS. Und es gibt so viel, was passieren kann.

Deshalb kommen wir auch, sagte der Junge. Wir haben versucht, uns in eure Lage zu versetzen. Ist bestimmt nicht cool als Eltern zu Hause zu sitzen und nicht zu wissen, was mit den Kindern ist.

Er nickte.

Nicht cool ist wohl ein bisschen untertrieben.

Wir haben einen Vorschlag, fuhr sie dazwischen. Das mit gestern tut uns leid. Es war totaler Mist. Aber wir versprechen, es kommt nicht wieder vor. Jedenfalls die nächsten vier Wochen werden wir ganz fest daran arbeiten.
Er sah beide an.

Muss euch wohl viel an heute Abend liegen? Euer Versprechen, ist es wirklich ernst gemeint? Beide nickten. Beide hoben ihre Hände und gaben ihrem Vater nacheinander einen Shake, seit ihrer Kindheit taten sie es, um etwas Besonderes zu besiegeln.

„Weiter sage ich euch: Alles, was zwei von euch auf Erden gemeinsam erbitten, werden sie von meinem himmlischen Vater erhalten." (Matthäus 18:19).

Ihre Hände lösten sich.

Nun haut schon ab, sagte ihr Vater. 23:00 Uhr, nicht später.
Sie maulten ein wenig, spürten aber, dass jede weitere Diskussion schon beantwortet war.

Und vergesst eure Handys nicht.
Draußen knuffte sie ihren Bruder.

Lass uns wirklich pünktlich sein.
Er nickte.

Hast mein Wort. Heute und die nächsten vier Wochen und länger.

Sie knuffte ihn wieder:

Das Gespräch war cool, sagte sie. Erst wusste ich gar nicht, was ich sagen wollte.

Ja, antwortete er, und als du angefangen hast, war mir sofort klar, was ich jetzt zur Unterstützung beitragen konnte. Zu zweit sind wir doch ein tolles Team.

20.
Glaubender Glaube

Viele Glauben
Nur was sie schauen,
Doch was wir nicht sehen,
Ist nur durch den Glauben zu verstehen.

21.
Zu naher Nächster

Natürlich war es eine Annehmlichkeit. Sie gehörte eben dazu. Als Würdenträger standen ihm ein eigenes Haus, eine Haushaltshilfe, ein persönlicher Referent und ein Dienstwagen mit Chauffeur zu. Hier begann die Gleichberechtigung, so weit sie gehen durfte. Er hatte eine Chauffeuse eingestellt. Mittleren Alters. Es machte die Fahrten vielfach angenehmer.

Er saß im Fond der geräumigen Limousine. Eine anstrengende Sitzung lag hinter ihm. Die angespannte finanzielle Lage in seinem Bereich ließ sich nicht länger ignorieren. In ein paar Jahren würden sie die erste Kirche verkaufen. Standen ohnehin meist leer. Die erste Gemeinde hatte als Vorreiter einen Teil des Kirchenschiffes abgetrennt, zu Eigentumswohnungen umgebaut, anschließend an eine wohlhabende Klientel verkauft. Dagegen war nichts einzuwenden, er offiziellte diese Entscheidung nie, sie lag im Tolerablen, im Grenzgebiet seines großzügigen Herzens – wie die drei Millionen, dadurch in die leeren Kassen gekommen.

Nur die Fenster zum Andachtsraum missmutigen seine Laune. Welch Entsetzen, ungläubige Gläubige bequemten in weichen Polstersesseln, champagnerten den Sonntagmorgen, gleichzeitig abbittend durch den Spalt der Fenster am Gottesdienst teilnehmend.

Umbiegen Sie die nächste Straße. Ich gedenke meinem Kopf Ruhe, verfrühen wollen wir nicht die Rückkehr.

Die Chauffeuse verstand seine Worte. Sie schaltete das Blinklicht wieder aus, geradewärts schoss der Wagen weiter, nachtete in gleitender Geschwindigkeit die gepflegte Leere der Straße.

Fahren Sie um, diesen üblichen Weg. Schauen werden meine Augen ein wenig vom nächtlichen Treiben unbußfertiger Seelen, gegangen ins Verlorene.

Sie nickte wieder. Die umständliche Anweisung bedeutete nichts anderes, als drei Kreuzungen weiter nach rechts abzubiegen, wo sich das Schwarz der Nacht in das Rot der Sünde färbte. Sie tempote weniger, damit seine alten Augen die Dunkelheit aufsaugen konnten.

Aneinandergereiht, funkelnde Perlen einer aufgespannten Kette zwischen den Laternen, standen die Mädchen der Nacht. Eine Sommernacht laute durch die Stadt, die Körper waren erhitzt von der Glut der Tage.

Leuchtfeuer gleich strahlte die Wärme von den wenig bekleideten Körperteilen.

Sie sünden, sagte er, sünden im Schwarz der Nacht, verborgen, meinen ihre Gedanken, sei ihr Sünden durch die Schwärze der Nacht.

Die Chauffeuse schwieg. Nicht das erste Mal teilte die von ihr gesteuerte Limousine den Bezirk der Stadt. Ein Pflug, der Schnitte in den Leib der Erde setzte, menschliches Leid und Elend nach beiden Seiten aufwellte.

Ich brauche Halt, raunte er, vornen sie an der nächsten Ecke.

Sie brachte den Wagen zum Stehen. Er handete eines der Mädchen zu sich.

Nur reden, zitierte seine Stimme die Gedanken des Kopfes, bequemen sie in den Wagen.

Die Frau vertauschte den Laternenpfahl und lederte auf der bequemen Rückbank. Seine Finger ineinanderten, falteten skurrile Bewegungen, seine Sinne (s)augten die Frau.

„Wer von euch ohne Sünde ist, werfe als erster einen Stein auf sie." (Johannes 8:7).

Ich bin steinlos, sagte er. Trotzdem rechtete dein Leben nicht gut. Hausarbeiten, nicht

Straßenarbeiten, solltest du, muttern im Haus, Kinder, sie sind eine große Aufgabe.

Sie schwieg. Gut, dass er nur reden wollte. Vielleicht auch schauen, aber es schmerzte nicht.

300, fuhr es plötzlich aus ihr heraus. Worte sind teuer. Ich fahre eine Stunde mit. Es kostet sie 300.

200, widersprach er. Teuer sind Seelen, gewiss. Es gibt viele. Marktwirtschaften wir, ein großes Angebot, der Preis, er kleinert sich.

Sie war es leid, zu verhandeln. Als er die beiden Scheine in ihrer Hand drückte spürte sie für eine Sekunde seine kühle Haut. Kalt wie Stein. Er war ohne Steine. Vielleicht konnte sie doch nicht in jeden Winkel seines Daseins sehen. Ohne Steine, dachte sie, die ganze Hand ist ein Stein, vielleicht auch das Herz.

Einsichten sind der Anfang, fuhr er fort. Ein Turm im brandenden Leben. Von dort springt das Leben am einfachsten auf den Weg zurück.

Was wusste er? Sie hatte jede Nacht Einsichten, in jede erdenkliche Schattierung dessen, was sich Mensch nannte.

„Du sollst deinen Nächsten lieben wie dich selbst." (Matthäus 22:39).

Du bist nächstens bei mir, raunte er. Lieben heißt vergeben. Ein Gebot. Lieben heißt Gebieten.

Ihr Körper schüttelte sich. Das Dasein der Gefühle war unerklärbar. Sie kamen, oft ohne Rücksicht, aus dem Nichts tauchten sie auf.

Plötzlich stoppte der Wagen. Die Chauffeuse hatte eine Menschentraube entdeckt. Sie umkreiste eine zusammengebrochene, auf dem kalten Boden abgestürzte, menschliche Gestalt. Unser Weg geht weiter, rief er nach vorn.

„Sie plünderten ihn aus und schlugen ihn nieder. Dann gingen sie weg und ließen ihn halbtot liegen. Zufällig kam ein Priester denselben Weg herab; er sah ihn und ging weiter. (Lukas 10:30,31).

Fahren Sie weiter, gebot er. Immer muss es weitergehen. Alles fließt. Tod dem Stillstand.

Er schlug den Kragen seines Jacketts hoch, sein Angesicht verschwand vor der Menschentraube hinter dem dunklen Stoff. Ihr Fuß drückte auf den Gaszügel des Autos. Langsam setzte sich das schwere Metallgefährt in Bewegung. Die Frau riss die Wagentür auf und stürzte nach draußen. Mit ausladenden Bewegungen trieb sie die Menge auseinander und kniete sich vor den abgestürzten menschlichen Satellitenkörper.

Während die Fahrt langsam an Geschwindigkeit zunahm sah er ein letztes Mal auf ihre entblößten, knienden Beine.

Wir werden eine Hauskehrung machen, orderte er seiner Chauffeuse.
Sie verstand und lenkte den Wagen auf direkten Weg zurück.

„Amen, das sage ich euch: Zöllner und Dirnen gelangen eher in das Reich Gottes als ihr." (Matthäus 21:31).

Er griff zur Seite. Längst hatte er bemerkt, dass die Frau absichtlich die beiden Geldscheine zurückgelassen hatte.

Ich brauche Luft zum Atmen, sagte er und seine Chauffeuse knopfte einen Hebel, sodass sich sein Seitenfenster öffnete. Er streckte die Hand heraus und warf die beiden Geldscheine nach draußen. Nie im Leben würde er sie in den Opferkasten legen, denn an ihnen klebten die besudelten Blicke der Liebe.

22.
Alltagsflut

Das Leben ist ein Hamsterrad.
Jeden Tag
Nur Pflichten und Aufgaben.
Endlose Anfragen,
Die zu beantworten sind.
Der Tag beginnt
Mit Sorgen,
Die uns mit Hektik versorgen.
Am Abend stellen wir fest,
Dass wir einen stattlichen Rest
Nicht geschafft haben.
An allen Tagen
Das gleiche Lied.
So sehr man sich abmüht,
Dreht sich das Hamsterrad nur noch
geschwinder.
Und da man nicht gesünder
Wird,
Führt
Es unweigerlich zum Zusammenbruch.
Ach Herr, hilf mir doch
durch dieses Tal zu kommen.
Hilf mir besonnen

Zu bleiben
Und in den grauen Alltagsweiten
Nicht wie in einem See aus Tränen
Unterzugehen.

23.
Ringkampf mit dem Tod

Tut, tuut, tuuut, tuuuut, tuuuuuuuuuu…

Vorbei! Aus der gezeigten Linie war ein waagerechter Strich, eine Nulllinie geworden. Die alte Frau hatte es geschafft. Eine Stunde vorher war sie eingeliefert worden. Darmblutung, literweise, das Gesicht kreidebleich. Der diensthabende Arzt hatte ihr noch einen zentralen Zugang reingejagt, ein Kunststück, bei diesen Kreislaufverhältnissen. Jetzt lag der kleine graue Körper auf dem Krankenbett, die Lebenstemperatur kühlte langsam ab, die Bewegungen waren im Tod erstarrt.

Was spürt einer, wenn er stirbt? Was spüren die anderen, wenn einer stirbt. Es war die Zeit, als die ersten Berichte, die ersten Bücher, mit Erfahrungen aus diesem Grenzbereich erschienen. Von Unfallverletzten war zu lesen, die in der Luft schwebend ihren Körper unter sich sahen, umringt von Schaulustigen und Helfern.

Von klinisch Toten, Herzinfarkt, aus, vorbei, in einer Sekunde, die in einen Lichttunnel gerissen wurden und am Ende ein warmes Licht sahen, das ihren Körper glühen ließ, eine weiße Gestalt erkannten, sie unendlich liebevoll anblickend, dass sie nicht mehr auf diese graue Erdkugel zurückwollten.

Nur Berichte, kein Beweis, vielleicht Fieberfantasien, delirähnliche Bewusstseins-veränderungen des Gehirns zwischen Wachzustand und Koma, nichts anderes als verschiedenartig ablaufende chemische Vorgänge, die virtuelle Traumbilder erzeugten.

Praktikant, er war nur einfacher Praktikant, ein einfacher Praktikant war er damals. Als der Tod kam, brach Hektik aus, geordnete Hektik – zunächst ein kurzer Disput, ob es sinnvoll sei, die alte Frau zu reanimieren. Ein kurzer Wortwechsel, keine Entscheidung, doch als der erste weißbekittelte Körper sich auf den Leib der toten Frau zubewegte, lief ein nicht mehr aufzuhaltender Automatismus ab. Er schlich in einen Winkel des Zimmers, beobachtete das Geschehen, eigentlich nur, um den Tod kennenzulernen. Welches Gefühl würde es sein, was würde zu spüren, was würde vielleicht zu sehen sein, wenn der Tod die weißen Kittel besiegte. Nur darauf kam es ihm an.

Das erste Mal in seinem Leben den Tod sehen. Vor seinen Augen sah er den Geist der alten Frau unter der Zimmerdecke schweben, ratlos sah sie auf das Treiben unter sich, ständig schwankte sie zwischen der Raumdecke und dem Krankenbett.

Trugbilder, nichts anderes als Trugbilder, erzeugt von den Sterbeberichten, die er vor einigen Wochen gelesen hatte. Ein paar Tage zurück hatte er einen Patienten befragt, der nach einem Herzinfarkt mit klinischem Tod erfolgreich wiederbelebt worden war. Was hatte er erlebt? Die Lichtschleuse? Einen Tunnel? Das warme Gefühl? Die Lichtgestalt? Glück? Angst, zurückkehren zu müssen?

Nichts, es war nichts Besonderes, an das der Tote sich erinnerte. Auch die erste Begegnung mit dem Tod, das Sterben der alten Frau, nichts anderes, als wenn jemand einen Schalter ausdrehte. Alles war vorbei. Nichts weiter.

Warum lasst ihr ihn nicht sterben?

Sieben Jahre waren vergangen. Auf dem OP-Tisch lag der massige Körper eines Mannes, 1,90 m Leib, Gefäße, Nerven, Muskeln, Fett, zahllose Verletzungen, aus noch mehreren Stellen blutete es, Kreislaufschock, Gerinnungsstörung, die Blutgerinnung war zusammengebrochen, selbst aus unverletzten Stellen kroch das Blut an die Oberfläche.

Lasst ihn doch sterben. Selbst wenn er überlebt, er hat nichts mehr vom Leben.

Der Chirurg sah auf seinen diensthabenden Kollegen. Dieser war nicht zu überzeugen. Der Tod war ein Feind. Sterben war eine verlorene Schlacht.

Wir operieren. Die großen Blutungen werden wir stoppen. Dann steht auch das andere.

Meterweise stopfte er Gase in die verletzten Weichteile, dem roten Blutsaft den Austritt an die Oberfläche zu verweigern. Es strömte umso heftiger. Ein großer Schnitt teilte die Bauchdecke, darunter ein See aus Blut. Händeweise löffelte er es in eine Schale.

Der Andere wandte sich ab.

Warum lässt er ihn nicht sterben? Kopfschütteln.

Sieben Jahre waren vergangen, das zweite Mal begegnete er dem Tod. Die Schlacht blutiger als beim ersten Mal. Der Mann war knapp 30 Jahre, Motorradfahrer, Auffahrunfall, vom Motorrad geflogen, mit dem Unterleib auf der Anhängerkupplung eines Wagens zu liegen gekommen.

Draußen war Frühling. Die warme Sonne zerstrahlte dunkle Wintergedanken. Liebespaare saßen im Park. Kleine Kinder umspielten ihre Eltern. Alte Menschen trauten sich nach Monaten aus ihrer Wohnung. Pflanzen durchbrachen die Erde, grün tropfte von den

Zweigen. Der Mann hatte sein Motorrad geholt, die erwachende Freiheit zu genießen, durch die Stadt und durch die Natur zu gleiten, den warmen Wind zu spüren, anderen Motorradfahrern zuzuwinken, auf das Gas zu drücken, an schwerfälligen Autos vorbeizurauschen.

Der Mann steckte im prallen Leben. Es lag vor ihm. Eine weite, unendliche Straße, auf der er glitt. Überall Freiheit, Sonne, Wärme, lauer Wind, Blütenduft, frisches Grün, Vogellaute, ein gut bezahlter Beruf, nette Wohnung, klasse Motorrad, ein freier Tag. Es war das Leben, indem er steckte, bis zu jenem Moment, als er auf das Auto auffuhr, von nichts ins Nichts.

Er dachte wieder an die Berichte. Seelen, die unter der Decke schwebten. Lichttunnel, am Ende die Gestalt aus Licht, um mit geöffneten Armen den Ankömmling zu empfangen.

Haltet auch ihr euch bereit! Denn der Menschensohn kommt zu einer Stunde, in der ihr es nicht erwartet."

Kein Zweck mehr, sagte der operierende diensthabende Chirurg. Er stopfte keine Gase mehr in die aufgerissenen Löcher des Leibes.

Über die sterilen Tücher gaben seine Augen dem Narkosearzt ein kurzes Zeichen.

Sein Ziel war ganz woanders, sagte er und blickte ein letztes Mal auf den Tisch.

Langsam ebbte die Kurve des Monitors in eine flache gerade Linie ab, links am Bildschirm beginnend, vom Strom der Elektronen in die Unendlichkeit der Leitung fortgerissen.

24.
Schokoladenliebe --> Schokoladenleibe

Turteltauben
Schauen
Mit süßem Glauben
Auf die Welt
Und glauben, ihr Zelt
Sei ein prunkvolles Haus
Aus Schokolade und Liebe erbaut.

25.
Fehlkalkulation

Wem war er verpflichtet? Seinen Kollegen im Vorstand? Den Angestellten? Den Aktionären? Seiner Familie? Reportern, die kritische Fragen stellten?

Er zog einen dicken Strich über das Papier. Schluss, aus! Niemandem, er war niemandem verpflichtet. Nicht einmal seinem Gewissen. Er leistete gute Arbeit, verdammt gute Arbeit, die Bilanzen wiesen es aus. Zugegeben, nicht immer, aber es gab Kniffe, Kniffe waren nichts anderes als Schwebeteilchen im gesetzlosen Raum zwischen Recht und Unrecht. Jede kreative Wirtschaft benötigte diesen Freiraum. Vorher sollte der Optimismus kommen? Von einpferchenden Gesetzen? Würgenden Paragrafen? Kleinkarierten Beamten in miefigen Amtsstuben, keine Verantwortung, kein Risiko tragend?

Sein Gewinn berechnete sich aus dem Verlust. Andere verloren ihren Arbeitsplatz, Personalkosten runter, die Gewinne hoch, Bilanzen strahlten, sein erfolgsabhängiges Gehalt stieg. Stieg, stieg und stieg weiter, bereits im siebten Jahr hintereinander. Keine Wirtschaftsflaute konnte dies aufhalten.

Zerbrochene Familien? Wie viele steckten hinter den Zahlen der Entlassungen? Selbstmorde? Wie viele steckten hinter den Zahlen der Entlassungen? Reaktive Depressionen? Wie viele steckten hinter den Zahlen der Entlassungen? Betroffene Kinder, tangierte Jugendliche? Wie viele steckten hinter den Zahlen der Entlassungen?

Mach dir keine Sorgen, beruhigte er sich. Du musst 1000 entlassen, um 10.000 den Lebensplatz zu erhalten. Damit war das Thema beendet.

Mit dem Grundsalär verschafften ihm die Aktienoptionen und andere Gewinnbeteiligungen einen Jahresverdienst von mehreren Millionen. Die Ernte war gut. Das Feld musste bestellt werden.

Was soll ich tun? Ich weiß nicht, wo ich meine Gelderernte unterbringen soll?, fragte er sich.

Er würde ein neues Haus bauen, doppelt so groß wie das alte. Dazu einen Bauernhof am Rande der Stadt, für die Wochenenden, auch um autark zu sein, sich selbst zu versorgen. Eigenes Gemüse und Fleisch, warum vom Discounter, jeden Tag gab es Berichte in der Presse, selbst Skandale in den teuren Geschäften.

Er musste es sich nicht antun. Seine Weihnachtsgans würde er vorher ein Jahr lang beobachten können, der Duft des Gemüses würde ihm wochenlang in die Nase strömen, bevor es auf den Tisch kam.

Das Auto war bereits ein Jahr alt. Warum besaß er nicht das neuste Modell? Wir benötigen zwei weitere Wagen. Einen fürs Wochenende, einen, wenn er Familienmitglieder besuchte. Das neue Haus sollte eine Garage mit fünf Stellplätzen haben, der Geländewagen seiner Frau war unterzubringen, sein Motorrad, er hasste es, dass seine alte Garage so wenig Platz hatte; jedes Mal musste er das Motorrad zwischen die Wagen zwängen.

Er dachte über das Alter seiner Yacht nach. Viele Erinnerungen hingen an dem Boot. Vergangen. An ein neues Boot würden sich frische Erinnerungen hängen, festsaugen wie Wasserschnecken an den Bootskiel. In den letzten Jahren waren die Schleusen ausgebaut worden. Das neue Boot, es könnte größer sein, ja es wurde mit einem viel größeren Boot die Strecke bis zum offenen Meer zurücklegen können.

Er begann, all diese wichtigen Vorhaben auf ein Blatt Papier zu schreiben. Seine Lebensmindmappings. Darunter skizzierte er eigene Vorstellungen vom Boot und vom Haus, schrieb daneben die infrage kommenden Automodelle und...

Manchmal zwickte es. Nicht viel. Leicht. Ein kurzes Ziehen, eigentlich kein Stechen. Nicht einmal eine Sekunde. Danach war alles wieder o.k., im grünen Bereich. Er war ein wenig überarbeitet, der Stress auf der Arbeit, die viele Planung, im Privaten. Eine Kreuzfahrt hatte er vergessen. Wohin, Nordkap oder Mittelmeerraum, griechische Ägäis, Karibik, Südafrika?

Nur ein kleines Ziehen, vom Charakter her an ein Stechen erinnernd, eine Stecknadel im Heuhaufen der Zufriedenheit, ein wenig Ausstrahlen in den Arm, womit er all den Reichtum zusammengetragen hatte.

Er hatte in kurzer Zeit mehr erreicht als viele Menschen in ihrem gesamten Leben. Nun galt es Ernte zu halten. Sich einrichten, die weitere Lebenszeit absichern durch vernünftige Anlagen, ein ordentliches großes Haus zu bauen, von dort durch Reisen die Welt zu erobern.

Diesmal war es messerstichartig. Ein Stich, der von der Wirbelsäule nach vorn zog. Das alte Problem. Ihm war Rechnung zu tragen, in dem er erst einmal vier Wochen zur Kur fuhr, seinen Körper mit heilendem Schlamm zu bekrusten, von adretten Physiotherapeuten alle Muskeln durchkneten zu lassen. Die richtige Vorbereitung, bevor er seine zweite Lebenshälfte genießen würde.

Morgen hatte er einen Termin beim Architekten. Selbst hatte er einige Entwürfe gefertigt, alte preußische Tradition, auch der König hatte sein Schloss im Entwurf konzipiert, bevor der Baumeister daraus Sanssouci machte. Sein Sanssouci stand jetzt bereits auf dem Papier. Innen nicht minder edel ausgestattet als ein königlicher Palast, Marmor, goldene Wasserhähne, es war noch das Geringste, dicke Perserteppiche, ein Kamin mit Granitsteinen aus den Rocky Mountains gebaut, die gesamte Zimmerwand des Kamins mit Bernstein eingefasst. Hier fingen die Ausgaben an, etwas schmerzlich zu werden, doch für ihn gab es zu viele Wohlhabende, er musste sich von den gemeinen Reichen abheben.

Das Telefon klingelte. Die Autofabrik. Der bestellte Wagen war von A bis O handgefertigt.

Mister Hendrik, hier spricht Smith. Ich habe eine Nachfrage wegen ihres Auftrages.

Er überlegte. Schließlich war alles festgelegt.

Wo ist das Problem, sagte er spitz.

Das Leder, Mister Hendrik. Wir können wie besprochen es von Rindern nehmen, die ihr Leben im schottischen Highland zugebracht haben. Ich wollte sie nur wissen lassen, dass es etwas Besseres gibt. Elchleder aus Finnland. Hat nicht jeder, Mister Hendrik. Sehr geschmeidig. Verstrahlt eine gewisse kühle Eleganz. Und Mister Hendrik, die Tiere werden extra auf Bestellung erlegt. Schonend, wegen des Leders. Außerdem, sie können sich überlegen, ob es von einer Elchkuh oder einen Bullen sein soll.

Es stutzte, der Verkäufer merkte es sofort.

Es gibt Kunden, Mister Hendrik, den ist es nicht egal, ob sie auf etwas Weiblichem oder etwas Männlichem Sitzen. Verzeihen Sie, ich meine im Auto. Wir wollten nicht versäumen, Sie auf diese Möglichkeit hinzuweisen.

Dann nehmen Sie Elch, erwiderte er knapp. Für den Fahrersitz eine Elchkuh, auf den Beifahrerplatz den Elchbullen. Ich hoffe, sie belästigen mich nicht ein weiteres Mal.

Mister Smith, der Verkäufer, schluckte.

Entschuldigen Sie vielmals, Mister Hendrik, und die besten Empfehlungen an ihre Gattin.

Genau genommen begann das Stechen an unterschiedlichen Stellen. Am Rücken, von der Wirbelsäule nach vorne ausstrahlend, jetzt schoss es aus dem Oberbauch in den Brustkorb, stach zwischen zwei Rippen und verließ durch die äußeren beiden Finger des der linken Hand seinen Körper. Eine weitere Salve folgte.

Jetzt mischte sich ein stechender Schmerz von links in die Attacke, kalter Schweiß ran über seine Stirn, der handgefertigte Herzmotor begann zu stottern.

Angsterfüllt versuchte er sich zu erheben, zum Telefon zu gelangen. Eine heftige Schmerzlawine riss ihn nieder, wie ein Brett fiel er auf den Boden. Die Lunge versuchte, das blaue Blut mit Luft zu vermischen, aber der Kehlkopf war zugeschnürt.

Das Herz flimmerte, 300 sinnlose, unkoordinierte Muskelzuckungen in der Minute. In der Lunge staute sich das Blut zurück, trat in die Gewebebläschen über, Schaum trat vor den Mund, erst weißlich, dann mit roten Spuren vermischt.

„Auf dem Feld eines reichen Mannes stand eine gute Ernte. Was soll ich tun? Ich weiß nicht, wo ich meinen Reichtum unterbringen soll.

Schließlich sagte er: ich werde meine Scheunen abreißen und größere bauen, dort werde ich meine ganzen Vorräte unterbringen. Dann kann ich zu mir selber sagen: Du hast einen großen Vorrat, der für viele Jahre reicht. Ruh dich aus, iss und trinkt, und freue dich des Lebens.

Der Herr sprach zu ihm: Du Narr! Noch in dieser Nacht wird man dein Leben von dir zurückfordern, wem wird dann all das gehören, was du angehäuft hast?" (Lukas 12:16-20).

26.
Dornige Ölkelter

Wie
Er in Getsemani
Stand,
Hatte die Nacht das Land
Umfangen.
Alle waren in den Schlaf gegangen,
Selbst seine drei Begleiter
Konnten nicht weiter
Wach bleiben.
So trug er alles Leiden
Der Welt allein,
Sein
Werk zu vollbringen,
Bevor sie mit Schwertern und Klingen
kamen.
Mit Dornen gekrönt nahmen
Sie ihn,
Am Kreuz ohne Schuld zu süh'n.

27.

Das Kreuz auf jedem

Gegen die Qualifikation ist nichts zu sagen, absolut nichts. Oder sehen Sie es anders?

Nein, eigentlich nicht. Nur die Lücke in der Laufbahn ist problematisch. Ist es Ihnen nicht aufgefallen?

Ich weiß nicht, wovon sie reden.

Zu viele Bewerbungen. Ich kann das verstehen. Es ist unmöglich, auf jede Kleinigkeit zu achten. Es gibt eine Lücke von drei Jahren, wo er offensichtlich nicht gearbeitet hat.

Nun, das wirft ein anderes Licht auf die Bewerbung.

Haben Sie das Foto gesehen?

Der andere schwieg. Für eine lange Weile. Er antwortete nur knapp:

Schreiben Sie ihn an. Nächste Woche Dienstag, 10:30 Uhr in meinem Büro. Ich werde mir persönlich ein Bild machen. Und Mister Google-rt, ich möchte, dass Sie beim Bewerbungsgespräch zugegen sind.

Jawohl Sir, soll ich etwas vorbereiten? Ich meine irgendwelche Tests.

Ja, lassen Sie sich was einfallen. Er soll wie jeder andere die Tests machen. Suchen Sie vielleicht ein paar Schwerere aus. Ein

Gegengewicht, wenn er drei Jahre seiner beruflichen Laufbahn nicht erklären kann, muss er schon ein anständiges Gegengewicht in die Waagschale werfen können.

Der Assistent, Mister Google-rt, verließ das Zimmer des Personalleiters. Schnurstracks lief er zu seiner Sekretärin.

Miss Lilli, schreiben Sie diesen Hamilton an. Seine Bewerbungsunterlagen finden Sie im Stapel auf meinem Schreibtisch. Er soll sich nächsten Dienstag hier einfinden. Warten Sie. Das Gespräch beim Chef ist um 10:30 Uhr. Schreiben Sie 9:00 Uhr, 9:00 Uhr in meinem Büro. Dann habe ich genügend Zeit, ihn durch einige Tests laufen zu lassen.

Google-rt grinste.

Sie brauchen sich diese Woche keinen Horrorfilm anzusehen. Nächsten Dienstag kommt der Horror zu uns.

Vielleicht gab es Schrecklicheres. Wer weiß, dachte Google-rt. Er war kein Mediziner. Vor Jahren hatte er einmal in einer anatomischen Ausstellung einen Eindruck erhalten, wozu die Natur fähig war.

Google-rt vermied, sein Gegenüber anzusehen. Er skizzierte einen Punkt neben dem Gesicht des anderen, während er mit ihm sprach.

Schön, dass Sie gekommen sind, begann Google-rt das Gespräch.

Der andere, Mister Hamilton, erwiderte die Begrüßung, indem er sich für die Einladung bedankte.

Wir haben 50 Bewerber für die Stelle. Hamilton, ich bin offen, sie sind einer von 50. 2%, wenn ich richtig rechne.

2% Erfolgsaussicht ist besser als nichts, antwortete Hamilton.

Wir haben Ihre Bewerbung aufmerksam gelesen. Es gab dort einen Punkt, worüber wir uns gewundert haben.

Hamilton schwieg. Was sollte er auch sagen.

Es gibt eine Lücke von drei Jahren in Ihrem beruflichen Werdegang. Wir haben uns gefragt, was bewegt einen Mann wie Sie, drei Jahre nicht zu arbeiten.

Der Unfall, antwortete Hamilton jetzt. Eigentlich war es kein Unfall. Eine Krankheit. Ich meine Verletzung.

Nun, sie müssen nicht darüber sprechen, fuhr Google-rt dazwischen. Neugierig ließ er bewusst eine erwartungsvolle Pause entstehen.

Ich habe damit kein Problem. Hamilton richtete sich auf. Ein guter Job war es, ich meine meinen letzten Job, bevor es geschah. Ehrlich gesagt, um einiges besser als die von Ihnen angebotene Stelle.

Google-rt versuchte zu lächeln. Der letzte Satz war eine ziemliche Provokation.

Auf dem Weg zum Büro kam ich an der Unglücksstelle vorbei. Ein leeres Haus und es stand in Flammen. Davor Menschen, viele, sehr viele, ich weiß nicht mehr, überall standen sie, riefen, weinten, schrien, schubsten, aber keiner tat etwas. Es waren genügend Menschen, warum musste ich stehen bleiben?

Endlich bekam ich heraus, dass noch ein Kind im Haus war. Ein Junge. Seine Familie erzählte es. Sie hatten in dem Abrisshaus gekokelt.

Wissen Sie, es war ein Automatismus. Ehe ich mich versah, befand ich mich in dem qualmenden Gebäude. Verbrennungen, sagte Hamilton.

Er zeigte die Narben an seinen Händen. Auch seine Füße hatten Brandwunden. Er hatte damals nur Sandalen getragen. Es war im Sommer geschehen. Er zeigte auf seine Flanken.

Die Seite hat auch etwas abbekommen. Ein herabstürzender Balken. Nicht angenehm, wenn so eine Holzlanze plötzlich in einem steckt.

Google-rt verstand. Das entstellte Gesicht war die Folge von Verbrennungen.

Haben Sie das Kind gefunden?

Hamilton nickte.

Ich würde es wieder machen. Immer wieder. Was sind ein paar Narben gegen das Leben eines Kindes?

Ich will sie nicht kränken, Mister Hamilton, aber sie könnten einen potentiellen Mörder gerettet haben. Nehmen wir an, der Junge, den Sie aus den Flammen geholt haben, gerät auf die schiefe Bahn. Er bringt jemanden um. Vielleicht sogar jemanden aus Ihrer Familie.

Man darf sich keine Gedanken machen, Mister Google-rt, beim Helfen darf man sich keine Gedanken machen.

Google-rt sah das erste Mal in das entstellte Gesicht des anderen. Er konnte sich nicht daran gewöhnen. Sofort wichen seine Augen wieder zur Seite.

Drei Jahre, sagte Google-rt, hat es drei Jahre gebraucht, bis sie wiederhergestellt waren? Hamilton schüttelte den Kopf.

Ein halbes Jahr. Dann war es so, wie es heute ist. Nur meinen Job hat es mich gekostet. Eigentlich war es damals der wichtigste Tag in meinem alten Job. Wir standen vor einem Riesenabschluss. Nachmittags sollte die Präsentation sein, meine Aufgabe, und danach die Unterzeichnung der Verträge. Mein Chef hat mir gesagt, Hamilton, von dem Geld hätten sie eine Million Kinder retten können. Sie sind ein Narr.

Google-rt wurde das Gespräch unangenehm.

Lassen wir das, Hamilton. Ich möchte das Alte in Ihnen nicht wieder aufwühlen.

Er überreichte dem anderen eine Mappe. Die üblichen Tests. In einer Stunde sprechen wir beim Personalchef vor.

Hamilton öffnete den Ordner und begann, die Aufgaben zu lösen. Google-rt verließ den Raum. Schnurstracks Richtung Chefzimmer.

Sir, möchten Sie einen Blick auf unseren Bewerber werfen? Ich meine, durch das Fenster. Verstehen Sie es nicht verkehrt, aber ich möchte Ihnen, es klingt vielleicht seltsam, ich möchte Ihnen den Anblick ersparen.

Beide gingen den Flur entlang in das Büro von Google-rts Sekretärin. Durch ein Fenster konnten sie den Fremden sehen. Schmerz und Trauer war in seinem Gesicht, überall hässliche Kraternarben, Schrunden, Hautwulste, keine Augenlider.

Vergessen Sie es, sagte der Personalchef zu Google-rt. Wir sind kein Wohlfahrtsverein. Lassen Sie ihn die Tests zu Ende machen und werten Sie sie aus. Sie wissen, wie das Testergebnis ausfällt.

Google-rt nickte. Und wenn er nach Ihnen fragt?

Sagen Sie ihm, ich habe einen wichtigen Termin, ein wichtiger Termin ist dazwischengekommen. Aber schieben Sie es in erster Linie auf das Testergebnis. Dieses Gesicht! Denken Sie an unsere Geschäftskunden. Gibt es eine normale Stelle in diesem Gesicht?

„Er hatte keine schöne und edle Gestalt, sodass wir ihn anschauen mochten.
Er sah nicht so aus, dass wir Gefallen fanden an ihm. Er wurde verachtet und von den Menschen gemieden, ein Mann voller Schmerzen, mit Krankheit vertraut. Wie einer, vor dem man das Gesicht verhüllt, war er verachtet, wir schätzten ihn nicht." (Jesaja 53:2,3).

Könnte ich nicht wenigstens kurz mit dem Personalchef sprechen? Hamilton sah den anderen an. Wissen Sie, ich habe lange gebraucht, bis ich mich wieder rausgewagt habe. Und die vielen Absagen. Es ist das erste Mal, dass ich wenigstens eingeladen werde.

Google-rt schüttelte den Kopf.

Es tut mir leid, sehr leid Mister Hamilton. Wir haben unsere Prinzipien. Und jeder Bewerber wird gleich behandelt. Sie müssen zugeben, dass es sehr fair ist.

Hamilton erhob sich.

Dann soll es so sein, sagte er und verließ schweigend den Raum.

Google-rt sah ihm hinterher. Der Fremde schleppte sich nach draußen. Google-rt wechselte zum Fenster, um ihm nachzusehen. Er wusste nicht warum.

Es war ein dumpfer Aufprall, kurz, nur der Bruchteil einer Sekunde. Dieser Hamilton, warum hatte er den Lastwagen nicht gesehen? Er lag auf der Straße, das entstellte Gesicht zum Himmel gerichtet, Füße und Hände entblößt, von alten Narben überzogen.

Ein Passant stürzte herbei. Er fasste Hamilton in die Seite, um den leblosen Körper zu drehen. Blut sickerte aus der Flanke des niedergebrochenen Körpers.

„Aber er hat unsere Krankheit getragen, und unsere Schmerzen auf sich genommen. Doch er wurde durchbohrt wegen unserer Verbrechen, wegen unserer Sünden zermalmt." (Jesaja 53:4,5).

Erst jetzt sah Google-rt, dass der Lastwagen Eisenstangen geladen hatte. Sie lagen zerstreut auf der Straße. Bis auf eine. Sie hatte sich in Hamiltons Seite gebohrt.

28.

Nahendes fernes Einmal

Einmal wird alles Gelärme
Der Welt schweigen.
Einmal werde ich zur Ferne
Der Sterne hinaufsteigen.
Einmal werden Vogellieder
Morgens von Neuem klingen.
Einmal werd'n mich Engel wieder
Zurück zum Himmel bringen.
Einmal wird mein altes Leben
Sich auf Erden schließen.
Einmal wird Sein ew'ger Segen
Für immer auf mich fließen.

29.
6+1, eine magische Formel

Erster Tag: Himmel, Erde, Licht, Tag, Nacht.
Zweiter Tag: Wasser unten (Meer) und Wasser oben (Himmel, Wolken).
Dritter Tag: Trennung des Wassers unten von der Erde, Pflanzen.
Vierter Tag: Sonne, Mond, Sterne.
Fünfter Tag: Fische, Vögel.
Sechster Tag: Landtiere, der Mensch.
Siebenter Tag: Ruhe, Pause.
Es war ihm oft schwer gefallen, diese Reihenfolge zu behalten. Die Schöpfung. Warum dachte er an die Schöpfung? Die Schöpfung war am Anfang nur positiv. Zwar wurde getrennt, Land vom Meer, Tag von Nacht, weiter ging es nicht, kein Sterben, kein Vergehen, keine Vernichtung, nur Werden, Entstehen, Leben.
Warum dachte er an die Schöpfung. Ohne sie gäbe es ihn nicht. Keine Sorgen, keine Mutlosigkeit, Wellen von depressiven Phasen, vergebliche Hoffnungen, anderen ausgeliefert sein, Resignation, all das wäre ihnen erspart geblieben. Und die Armut. Er kam auf keinen grünen Zweig. Seit der Schöpfung gab es überall grüne Zweige, er kam auf keinen. Arbeitete unterbezahlt, mühte sich, bewarb sich, nichts,

zu wenig, sprichwörtlich zu viel zum Sterben, zu wenig zum Leben.

Er setzte sich in die laue Nacht und starrte an den Himmel. Wolkenverhangen. Wenige Lücken. Geisterhafte Sterne. Ihr Licht aus der unendlichen Weite. Milliarden Jahre unterwegs. Möglicherweise gab es die Sterne überhaupt nicht mehr, allein ihr Licht als letztes Zeichen ihrer früheren Existenz. Ein Traum, von früher: Astronaut in einem silbernen Anzug gesteckt, durch die schwarze Weite schweben, Planeten zum Greifen nahe. Kilometer große Gesteinsbrocken, die vorbeirollten. Kein Straßenlärm, keine Post. Kein Telefon. Kein Geräusch. Und dann, hinter einer Ecke des Alls würde er den Himmel sehen, den richtigen Himmel mit Säulen und Gold, weißgewandten Wesen, Menschen, die bereits gestorben waren und andere. Ansehen würden sie ihn, dass er es geschafft hatte, als Astronaut, durch den Himmel in den Himmel zu kommen.

Unverwandt starrte er in die Lücken der Nacht. Wartete auf eine Stimme. Ein Licht. Plötzliche Gedanken. Irgendetwas Außergewöhnliches. Dass sein Leben schlagartig veränderte. Eine andere Richtung gab. Sorgen, Wut, Hoffnungslosigkeit, vergebliches Bemühen, Armut, in einem Augenblick fortgewischt.

Vergeblich, kein Licht, keine Gestalt, keine Stimme, von Weitem der letzte Straßenlärm des Tages, ein einsam durch die Nacht gleitenter Zug, zwischen den Sternen ein dahinfliegendes Lichtsignal eines Flugzeugs, der ewig gleiche Ton hunderter Zikaden, eine schwarze Spinne, die lautlos über seine nackten Füße huschte.

Losen werde ich, dachte er. Es ist am fairsten mir gegenüber. Ein Los ziehen. Nur die Trommel, wo stand die Lostrommel? Der Gewinn? Was war der Gewinn? Ein Aufsichtsbeamter? Beim Losen war Kontrolle erforderlich, selbst der Zufall wollte kontrolliert werden.

Schwerfällig erhob er sich und schleppte seinen depressiven Körper zurück in die Wohnung. Das abgenutzte Mobiliar glotzte ihn trostlos an, jeden Tag, Nacht für Nacht dasselbe.

Am schlimmsten die Armut. Anderen geht es dreckiger. Ein Trost? Nein, nicht für ihn, nicht für die anderen.

In der Lostrommel musste es für ihn einen Gewinn geben. Jeder hat einen persönlichen Gewinn in der Lostrommel des Lebens, trotz der vielen Nieten. Das Einzige, was sich bei dieser Lostrommel unterschied, man durfte so oft ziehen, wie man wollte. Damit schien doch alles gerettet. Irgendwann musste das große Los kommen.

Es war nur die eine Seite. Es gab zwei andere. Jedes Ding hat zwei Seiten, Quatsch, die Lebenstrommel hat drei. Ein großes Los, eine Seite. Die Freiheit, unbegrenzt ziehen zu dürfen, die zweite Seite. Die vielen Nieten, die dritte Seite.

Wer garantierte, dass nach den vielen Nieten die Kraft blieb, eine weitere zu überstehen. War es nicht besser, irgendwann das Ziehen einzustellen? Wie viele Menschen stellten ihr Leben ein, trieben nur noch in der gewohnten Alltäglichkeit vor sich hin, die Hoffnung auf das große Los aufgegeben, von Angst beseelt, eine weitere Niete zu ziehen.

Vor seinen Augen erschienen die Lostrommel. Ein fata-morganandes Zerrbild, das sich ständig verformte, skurrile kubische Figuren annahm, Grimassen, Fratzen, Clownerien, innerhalb weniger Sekunden. Endlich stand das Bild. Die runde Trommel hatte sich in ein eckiges Gebilde verformt. Es erlangte eine dritte Dimension, die Lostrommel hatte schließlich auch drei Seiten. Ein Buch war zu erkennen. Alt, abgegriffen und dennoch lange nicht benutzt, fremdartige Buchstabengebilde, endlose, plötzlich zwischen den Buchstaben sichtbar gewordene Zeilen mit eigentümlichen Lebensgeschichten.

Es war seine Lostrommel. Sein Problem war die zittrige Armut, zum Sterben zu viel, zum Leben zu wenig. Dieses Los würde den Schwebezustand beenden, die seit Jahren tänzelnde Lebenswaage endlich auf eine Seite kippen lassen. Wie benutzt man ein Buch als Lostrommel?

Ich werde meditieren, dachte er, meine Gedanken in das Buch gleiten lassen. Die Augen schließen. Dann das Buch aufschlagen. Und auf eine Stelle blicken. Diese Stelle ist das Los, auf dass du lange gewartet hast, nicht Tage, nicht Wochen, mehr als Monate und Jahre.

Kraft sammelte er, nahm das Buch in seine Hände, die Finger zitterten, und schlug es auf. Seine Augen weigerten sich, aufzugehen, eine Sonne, die morgens nicht aus dem Meer auftauchen will, aus Angst, dass es bereits am Tag ist, sie überflüssig geworden ist. Ein Albtraum. Sich zur Nacht zum Schlafen betten, um am nächsten Morgen festzustellen, überflüssig geworden zu sein – für Freunde, Familie, Arbeit, für das Leben.

Lass deine Gedanken, befahl er sich – schau dir das Los an.

„Gedenke des Sabbats: Halte ihn heilig! Sechs Tage darfst du schaffen, (sollst du schaffen?) und jede Arbeit tun." (Exodus 20:8,9).

Nach Minuten fügten sich seine Blicke und er betrachtete die Worte: „Gedenke des Sabbats." Er hatte nie daran gedacht. Dies war die Vorderseite des Loses. Ein Windhauch drehte das Los auf die andere Seite.

Sechs Tage darfst du, sollst du schaffen und jede Arbeit tun.

Sechs Tage darfst du, murmelte er. War er besser als der Schöpfer, der für ein vollkommenes Werk sechs Tage gebraucht hatte. Vier Tage, fünf Tage in der Woche. Hier lag die Lösung. Sein Los. Selbst wenn es schwer schien, am Ende würde es das große Los für ihn sein.

Sechs Tage darfst du, sollst du schaffen. Natürlich dachte er, sechs Tage werde ich arbeiten und meine Lebenslage wird sich endlich auf die eine Seite neigen.

Das Los legte sich auf die eine Schale seines Lebens und drückte sie sanft zu ihm hinab.

30.
Stille für das Klima

Wenn leise Menschen stille wären,
Gäbe es auf Erden
Kein Getratsche.
Und ohne das Geklatsche
Bräuchte man keinen Wald, um
Eine Zeitung
Zu pressen
Und dafür das Baumklima aufzufressen.

31.
Perpetuum-Bitte – Bittendes Perpetuum

Einsam zieht die Nacht durchs Land.

War er penetrant? Nein, sicherlich nicht. Gut, er hatte bisher 60 Eingaben geschrieben. 60 Eingaben, aber Penetranz war etwas anderes. Selbst wenn sich die vielen Eingaben um dieselbe Sache drehten. Er hatte recht. Wenigstens, er war darauf angewiesen, in diesem Punkt gehört zu werden. Auf einer solchen Grundlage stand sein Ansinnen, passierten die 60 Eingaben, da konnte niemand von Penetranz sprechen.

Auf der anderen Seite saß immer dieselbe Person. Er hatte den Beamten nie gesehen. Jedes Mal stand aber sein Name darunter. Auch nachdem er sich an die höchste Stelle, den Minister, gewandt hatte, auch dann stand noch in irgendeiner kleinen Ecke des Antwortschreibens derselbe Name des Beamten mit diesem Schriftzug, aus dem er eine Mischung aus Abneigung, Verzweiflung, Resignation, Wut herauszulesen glaubte. Wie mochte der Andere aussehen? Die Haare streng gescheitelt! Sicherlich.

Korrekt gekleidet, jeden Tag im Anzug ins Büro, ob 10° Kälte oder 35° Hochsommer. Links ein riesiger Stapel von Gesetzesbüchern, auf der rechten Seite ebenso, Gesetze, Verordnungen, Ausführungsvorschriften, gestapelt zu einem babylonischen Turm eines Paragrafenirrgartens. Und er mittendrin, verloren im Labyrinth von Gesetzen und Bestimmungen, die offenbar nur für ihn erdacht worden waren. Und vor dem Beamten prangte ein Ordner mit seinen 60 Eingaben, ordentlich nach Datum sortiert.

Offenbar mit jeder Menge Randbemerkungen versehen. Was würde er darum geben, diese Ordner in seinen Händen zu halten, die Bemerkungen zu lesen. Offenbar. Offenbar. Dieses Wort erinnerte ihn plötzlich an etwas. Die Aktenordner mussten ihm offenbar werden. Eine Offenbarung, für den Beamten vielleicht ein Offenbarungseid. Offenbarung. Seine Mutter hatte gebetet. Früher. Als Kind hatte er es oft miterlebt. Morgens, bevor der Tag begann. Vor dem Essen, für die Speise gedankt und um ihre Segnung gebeten. War heutzutage sinnvoll, bei Salmonellen, Fischbandwurm, Pestiziden, Dioxin, alles lebende und tote Beigaben der Nahrung. Da war es sinnvoll, die Nahrung durch den Filter des Gebets zu drücken, bevor sie verzehrt wurde.

Als Kind hatte er seine Mutter oft beim Beten gesehen. Dann wurde es eine Zeitlang selten – warum hatte er nicht verstanden. Saß beim

Beten auch ein Beamter auf der anderen Seite, wie bei seiner Eingabe? Bitte segne diese Speise. Diese Bitte kam auch in einen Ordner. Mit Randbemerkung: Liebe Frau, wir können Ihre Bitte verstehen. Aber wenden Sie sich zweckmäßiger an den Bauern, der sein Obst mit Pestiziden spritzt und seine Rinder mit Tiermehl füttert.

Nur abgeschickt hatte der Beamte auf der anderen Seite nichts, kein Antwortbrief, der am nächsten Tag im Briefkasten steckte und Mutter aß die Speise im guten Glauben. Sein Beamter meldete sich wenigstens. Obwohl es ihm manchmal lieber gewesen wäre, keine Antwort zu bekommen.

Plötzlich verspürte er ein warmes Gefühl. Es war wie früher, als seine Mutter ihn in den Arm nahm. Seine Mutter war tot, mehrere Jahre tot, trotzdem war es genau dieses Gefühl, wenn sie ihn als kleinen Jungen in den Arm genommen hatte. Er war jetzt Mitte 40, dann nimmt man einen Mann nicht mehr wie einen kleinen Jungen in den Arm, selbst wenn man eine tote Mutter ist. Dachte er jedenfalls.

Eine andere Erklärung für das Gefühl gab es jedoch nicht. Er fühlte seine Blicke zum Bücherregal hingezogen. Oben, in einer Ecke, stand die alte Familienbibel. Ledergebunden. Von Staub und Spinnweben eingehüllt.

Das Gefühl zog ihn vom Stuhl, automatisch griff er nach dem alten Buch. Seine Finger hinterließen tiefe Abdrücke im Staub der Zeit. Seine Hände begannen zu zittern.

Was sollte das? Nun stellte er sich aber wirklich kindisch an.

Er konnte das Zittern nicht unterdrücken, das Buch entglitt ihm und fiel in einer großen Staubwolke zu Boden. Als er es aufhob, betrachteten seine Blicke die aufgeschlagene Seite, neugierig las er die Worte, Zeile für Zeile, immer schneller werdend.

Dann setzte er sich wieder an den Schreibtisch, seine Hände zitterten nicht mehr. Er holte einen Briefbogen hervor und schrieb eine neue Eingabe. Direkt an den Minister. Sein warmes Gefühl verriet ihm, dass es nicht mehr viele Eingaben sein würden, die er schreiben musste, vielleicht reichte diese eine aus, dass seinem Anliegen entsprochen wurde. Er sah den Minister vor seinen Augen, wie er zum Beamten lief, seine letzte Eingabe in der Hand: mit Nachdruck legte der Minister diese letzte Eingabe auf den Tisch des Beamten:

Entsprechen Sie seinem Anliegen. Geben Sie endlich seinen Eingaben statt, damit hier wieder Ruhe eingekehrt.

„Dann sagte er zu ihnen: Wenn einer von euch einen Freund hat und um Mitternacht zu ihm geht und sagt: Freund, leih mir drei Brote; denn einer meiner Freunde, der auf Reisen ist, ist zu mir gekommen, und ich habe ihm nichts anzubieten! Wird dann etwa der Mann drinnen antworten: lass mich in Ruhe, die Tür ist schon verschlossen, und meine Kinder schlafen bei mir; ich kann nicht aufstehen und dir etwas geben? Ich sage euch: wenn er schon nicht deswegen aufsteht und ihm seine Bitte erfüllt, weil er sein Freund ist, so wird er doch wegen seiner Zudringlichkeit aufstehen und ihm geben, was er braucht." (Lukas 11:5-8).

32.

Lichtgrab

Christus ist auferstanden.
Sie fanden
Nur noch das leere Grab.
Wer hat
Ihn fortgetragen?
Tränen mischten sich in die Fragen
Der Frauen.
Sie waren die Ersten, die sich trauten,
Zum Grab zu gehen.
Doch als sie die Leere sehen,
Erfüllte sich der Raum mit Licht.
Mit leuchtendem Angesicht
Standen die Engel vor ihnen.
Die verschlossenen Türen
Des Todes hatten sich aufgetan.
Als sie diese Botschaft vernahm'n
Wurde es ihnen zum ewigen Zeugnis,
Dass der Herr auferstanden ist.

Inhaltsverzeichnis

(Bei den <u>unterstrichenen Überschriften</u> handelt es sich um die Kurzgeschichten, dazwischen in kursiv die Überschriften der eingefügten Gedichte.)

Biografie

Ich wurde in Berlin geboren. Nach dem Abitur in Berlin habe ich Medizin in Berlin und München studiert und war nach meinem Studium ca. 40 Jahre in der Medizin tätig. Seit Ende 2023 bin ich berentet. Während meiner Berufstätigkeit habe ich nebenher eine Reihe von Manuskripten verfasst, ein Jugendbuch, Kinderbücher, Romane und Gedichte.
Einige sind seitdem über einen Self-publishing-Verlag veröffentlicht worden.

Neben einer Reihe anderer Veröffentlichungen hat der Autor auch folgende Gedicht- und Prosabände veröffentlicht:

Die Christyllische Weihnacht – Weihnachten wie immer (und) anders

27 Kurzgeschichten mit je einem Bild, zu jedem Tag vom 1.-26. sowie 31. Dezember; sehr abwechslungsreiche Geschichten von Weihnachten im Kaufhaus, bei den

Schildbürgern, in einem neuen Märchen, als Science-Fiction und Weihnachtsgeschichten zur Zeit der Geburt Jesu. So abwechslungsreich, dass für jeden und jedes Alter etwas dabei ist (auch in Englisch erhältlich).

Die Insel der Figuren

Roman. Ein kleines Mädchen in Japan bekommt zum Geburtstag von ihrem Vater eine Puppe geschenkt. Als das Mädchen älter ist, wird die Puppe in einem kleinen Boot auf die Wellen des Meeres gesetzt. Offensichtlich eine Tradition ins Erwachsenenalter.
Einige Zeit später reist ein anderes Mädchen ihrer verschwundenen Puppe hinterher, eine spannende abenteuerliche Reise mit einem ungewöhnlichen überraschenden Ende beginnt.

101 Weihnachtsgedichtsbäume – gegen das Poesie-Waldsterben

Über 100 besinnliche, lustige, stimmungsvolle aber auch nachdenkliche Gedichte über die Weihnachtszeit.

Ostern - Gedichte zur Osterzeit

43 Gedichte mit christlichen Inhalten von Gründonnerstag bis zur Auferstehung Jesu, durchsetzt mit gedankenvollen Aphorismen.

Hinter dunklen Himmelswolken –
Gedichte in Zeiten der Trauer

74 Gedichte über Tod, Sterben, Hoffnung, Zuversicht, das Danach.

Der erdenkliche Mensch - Das Du im Ich

55 Gedichte, dazwischen Aphorismen, die sich nachdenklich und kritisch mit liebgewonnenen menschlichen Verhalten auseinandersetzen.

Das Moooondschaaaaf
(monatlich durch das Jahr)

Für jeden Tag eines Monats ein Gedicht aus Sicht eines auf dem Mond lebenden Schafs, das humorvoll, kritisch, skeptisch und wiedererkennend unsere Erde beäugt; zwischen jedem Gedicht ein Aphorismus; mit passenden lustigen Bildern aus Kinderhand; auch als Geburtstagsgeschenk für den passenden Geburtstagsmonat geeignet.